黄春明小说集④

儿子的大玩偶

黄春明 著

北京联合出版公司
Beijing United Publishing Co.,Ltd.

图书在版编目（CIP）数据

儿子的大玩偶 / 黄春明著. -- 北京：北京联合出版公司, 2019.10
（黄春明小说集）
ISBN 978-7-5596-3528-0

Ⅰ. ①儿… Ⅱ. ①黄… Ⅲ. ①短篇小说－小说集－中国－当代 Ⅳ. ①I247.7

中国版本图书馆CIP数据核字(2019)第175615号

本书经联合文学出版社股份有限公司授权，非经书面同意，不得以任何形式任意改编、转载。

儿子的大玩偶

作　者：黄春明
出版监制：谭燕春　高继书
选题策划：厦门外图凌零图书策划有限公司
责任编辑：宋延涛
封面设计：周富标
内文排版：孟　迪

北京联合出版公司出版
（北京市西城区德外大街83号楼9层　100088）
北京联合天畅文化传播公司发行
武汉市盛宏源印务有限公司印刷　新华书店经销
字数147千字　700毫米×1000毫米　1/32　9.625印张
2019年10月第1版　2019年10月第1次印刷
ISBN 978-7-5596-3528-0
定价：48.00元

版权所有，侵权必究
未经许可，不得以任何方式复制或抄袭本书部分或全部内容
本书若有质量问题，请与本公司图书销售中心联系调换。电话：（010）64258472-800

总　序

听者有意

　　为自己的小说集写一篇序文，本来就是一件不怎么困难的事，也是"礼"所当然。然而，对我而言，曾经很认真地写过一些小说，后来写写停停，有一段时间，一停就是十多年。现在又要为我的旧小说集，另写一篇序文，这好像已经失去新产品可以打广告的条件了，写什么好呢？

　　在各种不同的场合，经常有一些看来很陌生，但又很亲切的人，一遇见我的时候，亲和地没几分把握地问："你是……？"我不好意思地笑笑，他也笑着接着说："我是看你的小说长大的。"我不知道他们以前有没有认错人过，我遇到的人，都是那么笑容可掬的，有些还找我拍一张照片。我已经是七十有五的老人了，看他们稍年轻一些的人,想想自己,如果他们当时看的是《锣》《看海的日子》《溺死一只老猫》,或是《莎哟娜啦·再见》《苹果的滋味》等之类,被人归类为乡土小说的那一些的话,那已是三四十年前了,算一算也差不多,我真的是老了。但是又有些不服气,我还一直在工作,只是在做一些和小说不一样的工作罢了。这突然让我想起幺儿国峻。他念初中的时候,有一天我不知为什么事叹气,说自己老了。他听了之后,跟我开玩笑地问我说,"老吾老以及人之老"这一句话用闽南语怎么讲?我想了一下,用很标准的闽南读音念了一遍。他说不对,他用闽南话的语音说了他的意思,他说:"老是老还有人比我更老。"他叫我不要叹老。现在想起来,这样的玩笑话,还可以拿来自我安慰一下。可是,我偏偏被罩在"说者无心,听者有意"这句俗谚的魔咒里。

当读者纯粹地为了他的支持和鼓励说"我是读你的小说长大的"这句话,因为接受的是我,别人不会知道我的感受。高兴那是一定的,但是那种感觉是锥入心里而变化,特别是在我停笔不写小说已久的现在,听到这样的善意招呼,我除了难堪还是难堪。这在死爱面子的我,就像怕打针的人,针筒还在护士手里悬在半空,他就哀叫。那样的话，就变成我的自问：怎么不写小说了？江郎才尽？这我不承认，我确实还有上打以上的题材的好小说可以写。在四十年前就预告过一长篇《龙眼的季节》。每一年，朋友或是家人，当他们吃起龙眼的时候就糗我，更可恶的是国峻。有一次他告诉我，说我的"龙眼的季节"这个题目该改一改。我问他怎么改，他说改为"等待龙眼的季节"。你说可恶不可恶？另外还有一篇长篇，题目叫"夕阳卡在那山头"，这一篇也写四五十张稿纸，结果搁在书架上的档案夹，也有十多年了。国峻又笑我乱取题目："看！卡住了吧。"要不是他人已经走了，真想打他几下屁股。

　　我被誉为老顽童是有原因的，我除喜欢小说，也爱画图，还有音乐，这一二十年来爱死了戏剧，特别把儿童剧的工作当作使命在搞。为什么不？我们目前台湾的儿童素养教材与活动在哪里？有的话质在哪里？小孩子的歌曲、戏剧、电影、读物在哪里？还有，有的话，有几个小孩子的家庭付得起欣赏的费用？我一直认为小孩子才是未来。因为看不出目前的环境，真正对小孩子成长关心，所以令我焦虑，我虽然只有绵薄之力，也只好全力以赴。这些年来，我在戏剧上，包括改良的歌仔戏和话剧，所留下来的文字，不下五六十万字，因而就将小说搁在一旁了。

　　非常感谢那一些看我小说长大的朋友，谢谢台湾联合文学的同仁，没有他们逼我将过去创作的小说整理再版，我再出书恐怕也遥遥无期。我已被逼回来面对小说创作了。

本文原载于二〇〇九年联合文学版《黄春明作品集》

目 录

儿子的大玩偶　　001
苹果的滋味　　035
小琪的那顶帽子　　073
我爱玛莉　　117
甘庚伯的黄昏　　191
玩　火　　221
两万年的历史　　231
鲜红虾　　241
把瓶子升上去　　279
清道夫的孩子　　289

儿子的大玩偶

他喜欢你这般打扮做鬼脸,
那还用说,
你是他的大玩偶。

在外国，有一种活儿，他们把它叫作"Sandwich-man①"。小镇上，有一天突然也出现了这种活儿。但是在此地却找不到一个专有的名词，也没有人知道这活儿应该叫什么。经过一段时日，不知道哪一个人先叫起的，叫这活儿作"广告的"。等到有人发觉这活儿已经有了名字的时候，小镇里老老小小的都管它叫"广告的"了。甚至连手抱的小孩，一听到母亲的哄骗说："看呐！广告的来了！"小孩马上就停止吵闹，而举头东张西望。

一团火球在头顶上滚动着，紧随每一个人，逼得叫人不住发汗。一身从头到脚都很怪异的、仿十九世纪欧洲军官模样打扮的坤树，实在难熬这种热天。除了他的

———————
① Sandwich-man，是日文中对身挂广告牌人的称谓，中文如果翻译过来或许叫"三明治人"最为贴切。由于身前身后都覆盖着广告的牌子，夹在中间的也的确是一块"肉饼"，致使"三明治"的创意也由此得来。

打扮令人注意之外，在这种大热天，那样厚厚的穿着也是特别吸引人的；反正这活儿就是要吸引人注意。

脸上的粉墨，叫汗水给冲得像一尊逐渐熔化的蜡像。塞在鼻孔的小胡子，吸满了汗水，逼得他不得不张着嘴巴呼吸。头顶上圆筒高帽的羽毛，倒是显得凉快地飘颤着。他何尝不想走进走廊避避热，但是举在肩上的电影广告牌，叫他走进不得。新近，身前身后又多挂了两张广告牌；前面的是百草茶，后面的是蛔虫药。这样子他走路的姿态就得像木偶般地受拘束了。累倒是累多了，能多要到几个钱，总比不累的好。他一直安慰着自己。

从干这活儿开始的那一天，他就后悔得急着想另找一样活儿干。对这种活儿他愈想愈觉得可笑，如果别人不笑话他，他自己也要笑的；这种精神上的自虐，时时萦绕在脑际，尤其在他觉得受累的时候倒逞强得很。想另换一样活儿吧。单单这般地想，也有一年多了。

近前光晃晃的柏油路面，热得实在看不到什么了。稍远一点的地方的景象，都给蒙在一层黄胆色的空气的背后，他再也不敢望穿那一层带有颜色的空气看远处。万一真的如脑子里那样晃动着倒下去，那不是都完了吗？他用意志去和眼前的那一层将置他于死地的色彩挣扎着：这简直就不是人干的！但是这该怪谁？

"老板，你的电影院是新开的，不妨试试看。试一个月如果没有效果，不用给钱算了。海报的广告总不会比我把上演的消息带到每一个人的面前好吧？"

"那么你说的服装呢？"

（与其说我的话打动了他，倒不如说是我那副可怜相令人同情吧。）

"只要你答应，别的都包在我身上。"

（为这件活儿，我把生平最兴奋的情绪都付给了它！）

"你总算找到工作了。"

（阿珠还为这活儿喜极而泣呢！）

"阿珠，小孩子不要打掉了。"

（为这事情哭泣倒是很应该的。阿珠不能不算是一个很坚强的女人吧。我第一次看到她那么软弱而号啕地大哭起来。我知道她太高兴了。）

想到这里，坤树禁不住也掉下泪来。一方面他没有多余的手擦拭，另一方面他这样想：管他的！谁知道我是流汗或是流泪。经这么一想，泪似乎受到怂恿，而不断地滚出来。在这大热天底下,他的脸肌还可以感到两行热热的泪水簌簌地滑落。不抑制泪水涌出的感受,竟然是这般痛快;他还是头一次发觉的呢。

"坤树!你看你!你这像什么鬼样子!人不像人,鬼不像鬼,你!你怎么会变成这个模样来呢?!"

(干这活儿的第二天晚上,阿珠说他白天就来了好几趟了。那时正在卸装,他一进门就嚷了起来。)

"大伯仔……"

(早就不该叫他大伯仔了。大伯仔。屁大伯仔哩!)

"你这样的打扮谁是你的大伯仔!"

"大伯仔,听我说……"

"还有什么可说的!难道没有别的活儿干啦?我就不相信,敢做牛还怕没有犁拖?我话给你说在前面,你要现世给我滚到别地方去!不要在这里污秽人家的地头。你不听话,到时候不要说这个大伯仔翻脸不认人!"

"我一直到处找工作……"

"怎么?到处找就找到这没出息的活干了?!"

"实在没有办法,向你借米也借不到……"

"怎么？那是我应该的？我应该的？我……我也没有多余的米，我的米都是零星买的，怎么？这和你的鸟活何干？你少废话！你！"

（废话？谁废话？真气人。大伯仔，大伯仔又怎么样？）

"那你就不要管！不要管不要管不要管——"

（呵呵，逼得我差点发疯。）

"畜生，好，好，你这个畜生！你竟敢忤逆我，你敢忤逆我。从今以后，我不是你坤树的大伯！切断！"

"切断就切断，我有你这样的大伯仔反而会饿死。"

（应得好，怎么去想出这样的话来？他离开时还暴跳地骂了一大堆话。隔日，真不想去干活儿了。倒不是怕得罪大伯仔，就不知道为什么灰心得提不起精神来。要不是看到阿珠的眼泪，使我想到我答应她说"阿珠，小孩子不要打掉了"的话，还有那两帖原先准备打胎用的柴头仔也都扔掉了，我真不会再有勇气走出门。）

想，是坤树唯一能打发时间的办法，不然，从天亮到夜晚，小镇里所有的大街小巷，那得走上几十趟，每天同样地绕圈子，如此的时间，真是漫长得怕人。寂寞与孤独自然而然地叫他去做脑子里的活动；对于未来他很少去想象，纵使有的话，也是几天以后的现实问题。除此之外，大半都是过去的回忆，以及以现在的想法去批判。

　　头顶上的一团火球紧跟着他离开柏油路，稍前面一点的那一层黄胆色的空气并没有消失，他恢恢地感到被裹在里面令他着急。而这种被迫的焦灼的情绪，有一点类似每天天亮时给他的感觉。躺在床上，看到曙光从壁缝漏进来，整个屋里四周的昏暗与寂静，还有那家里特有的潮湿的气味。他的情绪骤然地即从宁静中跃出恐惧，虽然是一种习惯的现象，但是，每天都像一个新的事件发生。真的，每月的收入并不好，不过和其他工作比起来，还算是不差的啦。工作的枯燥和可笑，激人欲狂。可是现在家里没有这些钱，起码的生活就马上成问题。怎么样？最后，他说服了自己，不安地还带着某种惭愧，从床上爬了起来，坐在阿珠的小梳妆台前，从抽屉里拿出粉块，望着镜子，涂抹他的脸，望着镜子，凄然地留半边脸苦笑，白茫茫的波涛在脑子里翻腾。

　　他想他身体里面一定一滴水都没有了，向来就没有这般渴过。育英学校旁的那条花街，妓女们穿着睡衣，拖着木屐围在零食摊吃零食，有的坐在门口施粉，有的就茫然地倚在门边，也有埋首在连环图画里面，看那样子倒是很逍遥。其中夹在花街的几户人家，紧紧地闭着门户，不然即是用栅栏横在门口，并且这些人家的门边的墙壁上，很醒眼地用红漆大大地写着"平家"两个字。

"呀！广告的来了！"围在零食摊里的一个妓女叫了出来。其余的人纷纷转过脸来，看着坤树头顶上的那一块广告牌子。

他机械地走近零食摊。

"喂！乐宫演什么啊？"有一位妓女等广告的走过她们的身边时间。

他机械地走过去。

"他发了什么神经病，这个人向来都不讲话的。"有人对着向坤树问话的那个妓女这样地笑她。

"他是不是哑巴？"妓女们谈着。

"谁知道他。"

"也没看他笑过，那副脸永远都是那么死死的。"

他才离开她们没几步，她们的话他都听在心里。

"喂！广告的，来呀！我等你。"有一个妓女的吆喝向他追过来，在笑声中有人说：

"如果他真的来了，不把你吓死才怪。"

他走远了，还听到那一个妓女又一句挑拨的吆喝。在巷尾，他笑了。

要的，要是我有了钱我一定要。我要找仙乐那一家刚才倚在门旁发呆的那一个，他这样想着。

走过这条花街，倒一时令他忘了许多劳累。

看看人家的钟，也快三点十五分了。他得赶到火车站，和那一班从北来的旅客冲个照面；这都是和老板事先订的约，例如在工厂下班、中学放学等，都得去和人潮冲个照面。

时间也控制得很好，不必加快脚步，也不必故意绕近，当他走出东明里转向站前路，那一班下车的旅客正好纷纷地从栅口走出来，靠着马路的左边迎前走去；这是他干这活的原则，阳光仍然热得可以烤番薯，下车的旅客匆忙地穿过空地，一下子就钻进货运公司这边的走廊。除了少数几个外来的旅客，再也没有人对他感兴趣，要不是那几张生疏而好奇的面孔，对他有所鼓励的话，他真不知怎么办才好。他是有把握的，随便捉一个人，他都可以辨认是外地的或是镇上的，甚至于可以说出那个人大多在什么时间、什么地方出现。

无论怎样,单靠几张生疏的面孔,这个饭碗是保不住的,老板迟早也会发现。他为了目前的情况,心都颓了。

(我得另做打算吧。)

此刻,他心里极端地矛盾着。

"看呐!看呐!"

(开始那一段日子,路上人群的那种惊奇,真像见了鬼似的。)

"他是谁呀?"

"哪儿来的?"

"咱们镇里的人吗?"

"不是吧!"

"哟!是乐宫戏院的广告。"

"到底是哪里的人呢?"

(真莫名其妙,注意我干什么?怎么不多看看广告牌?那一阵子,人们对我的兴趣真大,我是他们的谜。现在他们知道我是坤树仔,谜底一揭穿就不理我了。这干我什么事?广告不是经常在变换吗?那些冷酷和好奇的眼睛,还亮着呢!)

反正干这种活,引起人注意和被奚落,对坤树同样是一件苦恼。

他在车站打了一回转,被游离般地走回站前路。心里和体外的那种无法调合的冷热,向他挑战。坤树的反抗只限于内心里面诅咒而已。五六米外的那一层黄胆色的空气又隐约地显现,他口渴得喉咙就要裂开,这时候,家,强而有力地吸引着他回去。

(不会为昨晚的事情,今天就不为我泡茶吧?唉!中午没回去吃饭就太不应该了,上午也应该回去喝茶。阿珠一定更深一层地误会了。该死!)

"你到底生什么气,气到我身上来?小声一点怎么样?阿龙在睡觉。"

(我不应该迁怒于她。都是吝啬鬼不好,建议他给我换一套服装他不干,他说:"那是你自己的事!"我的事?这件消防衣改的,已经引不起别人的兴趣了,同时也不是这种大热天能穿的啊!)

"我就这么大声!"

(啧!太过分了。但是一肚子气怎么办?我又累得很,阿珠真笨,怎么不替我想想,还跟我顶嘴?)

"你真的要逼人吗?"

"逼人就逼人！"

（该死，阿珠，我是无心的。）

"真的？"

"不要说了！"嘶着喉咙叫，"住嘴！我！我打人了啊！"当时把拳头握得很紧，然后猛力地往桌子捶击。

（总算生效了，她住嘴了，我真怕她逞强。我想我会无法压制地打阿珠。但是我绝对是无心的。把阿龙吓醒过来真不应该。阿珠那样紧紧地抱着阿龙哭的样子，真叫人可怜。我的喉咙受不了，我看今天喝不到茶了吧？活该！不，我真渴着呢。）

坤树一路想着昨晚的事情，不觉中已经到了家门口，一股悸动把他引回到现实。门是掩着的，他先用脚去碰它，板门轻轻地开了。他放下广告牌子，把帽子抱在一边走了进去。饭桌上罩着竹筐，大茶壶搁在旁边，嘴上还套着那个绿色的大塑料杯子。她泡了！一阵温暖流过坤树的心头，觉得宽舒了起来。他倒满了一大杯茶，直向喉咙灌。这是阿珠从今年夏天开始，每天为他准备的姜母茶，里头还下了赤糖，等坤树每次路过家门进来喝的。阿珠曾听别人说，姜母茶对劳累的人很有裨益。他渴得倒满了第二杯，同时心里的惊疑也满了起来。平时回来喝茶水不见阿珠倒没什么，但昨晚无理地发了一阵子牛脾气的联想，使他焦灼而不安。他放下茶，打开桌罩和铜盖，发觉菜饭都没动，床上不见阿龙睡觉，阿珠替人洗的衣服叠得好好的。哪里去了？

阿珠从坤树不吃早饭就出门后，心也跟着悬得高高的放不下来，本来想叫他吃饭的，但是她犹豫了一下，坤树已经过了马路了。他们一句话都没说。阿珠背着阿龙和平时一样地去替人家洗衣服。她不安得真不知怎么做才好，用力在水里搓着衣服，身体的摆动，使阿龙没有办法将握在手里的肥皂盒，放在口里满足他的吸吮。小孩把肥皂盒丢开，气得放声哭了。阿珠还是用力地搓衣服。小孩愈哭愈大声，她似乎没听见；过去她没让阿龙这般可怜地哭着而不理。

"阿珠。"就在水龙头上头的厕所窗口，女主人喊她。

她仍然埋首搓衣服。

"阿珠。"这位一向和气的女主人，不得不更大声地叫她。

阿珠惊慌地停手，站起来想听清楚女主人的话时，同时也意识到阿龙的哭闹,她一边用湿湿的手温和地拍着阿龙的屁股,一边侧头望着女主人。

"小孩子在你的背上哭得死去活来,你都不知道吗？"虽然带有点责备,但是口气还是十分温和。

"这小孩子。"她实在也没什么话可说。"给了他肥皂盒他还哭！"她放斜左边的肩膀,回过头向小孩:"你的盒子呢？"她很快地发现掉在地上的肥皂盒,马上俯身拾过来在水盆里一沾,然后甩了一下,又往后拿给阿龙了。她蹲下来,拿起衣服还没搓的时候,女主人又说话了。

"你手上拿着的这一件纱是新买的,洗的时候轻一点搓。"

她实在记不起来她是怎么搓衣服的,不过她觉得女主人的话是多余的。

好不容易把洗好的衣服晾起来,她匆匆忙忙地背着阿龙往街上跑。她穿过市场,沿着闹区的街道奔走,两只焦灼的眼,一直搜寻到尽头,她什么都没发现。她脑子里忙乱地判断着可能寻找到他的路。最后终于在往镇公所的民权路上,远远地看到坤树高高地举在头顶上的广告牌,她高兴地再往前跑了一段,坤树的整个背影都收入她的眼里了。她斜放左肩，让阿龙的头和她的脸相贴在一起说：

"阿龙，你看！爸爸在那里。"她指着坤树的手和她讲话的声音一样，不能公然地而带有某种自卑的畏缩。他们距离得很远，阿龙什么都不知道。她站在路旁目送着坤树的背影消失在岔路口，这时，内心的忧虑剥了其中最外的一层。她不能明白坤树这个时候在想些什么，他不吃饭就表示有什么。不过，看他还是和平常一样地举着广告牌走；唯有这一点叫她安心。但是这和其他令她不安的情形糅杂在一起，变得比原先的恐惧更难负荷的复杂，充塞在整个脑际里。见了坤树的前后，阿珠只是变换了不同的情绪，心里仍然是焦灼的。她想，她该回去替第二家人家洗衣服去了。

当她又替人洗完衣服回到家里，马上就去打开壶盖。茶还是整壶满满的，稀饭也没动，这证明坤树还是没回来过。他一定有什么事的，她想。本来想把睡着了的阿龙放下来，现在她不能够。她匆忙地把门一掩，又跑到外头去了。

头顶上的火球正开始猛烈地烧着，大部分路上的行人，都已纷纷地躲进走廊。所以阿珠要找坤树容易得多了。她站在路上,往两端看看,很快地就可以知道他不在这一条路上。这次阿珠在中正北路的锯木厂附近看到他了,他正向妈祖庙那边走去。她距离坤树有七八间房子那么远,偷偷地跟在后头,还小心地提防他可能回过头来。在背后始终看不出坤树有什么异样,有几次,阿珠借着走廊的柱子遮蔽,她赶到前面距离坤树背后两三间房的地方观察他,仍然看不出有什么异样的地方。但是,不吃饭、不喝茶的事,却令阿珠大大地不安。她一直不能相信她所观察的结果,而深信一定有什么,她担忧着什么事将在他们之间发生。这时阿珠突然想看看坤树的正面。她想,也许在坤树的脸上可以看到什么。她跟到十字路口的地方,看坤树并没有拐弯而直走。于是她半跑地穿过几段路,就躲在妈祖庙附近的摊位背后,等坤树从前面走过来。她急促忐忑的心,跟着坤树的逼近,逐渐地高亢起来。面临着自己适才的意愿的顷刻,她竟不顾旁人对她的惊奇,很快地蹲到摊位底下,然后紧接着侧过头,看从她旁边闪过的坤树。在这一刹那,她只看到不堪燠热的坤树的侧脸,那汗水的流迹,使她也意识到自己的额头亦不断地发汗。阿龙也流了一身汗。

那包扎着一个核心的多层的忧虑,虽然经她这么跟踪而剥去了一些,而接近里层的核心,却敏感地只稍一触及即感到痛楚。阿珠又把自己不能确知什么的期待,放在中午饭的时候。她把最后的一家衣服也洗了。接着准备好中午饭,一边给阿龙喂奶,一边等着坤树。但是过了些时候,还不见坤树的影子踏进门,这使她又激起极大的不安。

　　她背着阿龙在公园的路上找到坤树。有几次,她真想鼓起勇气,跟上前恳求他回家吃饭。但是她稍微一走近坤树,突然就感到所有的勇气又消失了。于是,她只好保持一段距离,默默地且伤心地跟着坤树。这条路走过那一条路,这条巷子转到另一条巷子,沿途她还责备自己,说昨晚根本就不该顶嘴,害得他今天这么辛苦,两顿饭没吃,茶水也没喝,在这样的大热天,不断地走路……她流着泪,走几步路,总得牵背巾头擦拭一下。

　　最后看到坤树转向往家里走的路,她高兴得有点紧张。她从另一条路先赶回到家门口的另一条巷口的地方,在那里可以看到坤树怎么走进屋子里,看他有没有吃饭。坤树走过来了。终于在门口停下来了。阿珠看到他走进屋子里的时候,流出了更多眼泪,她只好用双手掩面，而将头顶在巷口的墙上，支撑着放松她的心绪。坤树在屋里的一举一动，她都看在眼里了。她也猜测到坤树的心里，正焦急地找她，这种想法，使她觉得多少还是幸福的。

当坤树在屋里纳闷而急不可待地想踏出外面，阿珠背着阿龙低着头闪了进来。阿珠在对面窃视到坤树喝了茶，一股喜悦地跨过来的时间，正好是坤树纳闷的整段。看到妻子回来了，另一边看到丈夫喝了茶了，两个人的心头像同时一下子放了重担。阿珠还是低着头，忙着把桌罩掀掉，接着替坤树添饭。坤树把前后的广告牌子卸下来放在一边，将胸口的扣子解开，坐下来拿起碗筷默默地吃了。阿珠也添了饭，坐在坤树的对面用饭。他们一直沉默着，整个屋子里面，只能听到类似猪圈里喂猪时的嚼嚼的声音。坤树站起来添饭，阿珠赶快地抬起头看看他的背后，又很快地低下头扒饭。等阿珠站起来，坤树迅速地看了看她的背后，在她转身过来之前，亦将视线移到别的地方。坤树终于耐不住这种沉默：

"阿龙睡了？"他知道阿龙在母亲背后睡着了。

"睡了。"她还是低着头。

又是一段沉默。

坤树看着阿珠，但是以为阿珠这一动将抬头时，他马上又把视线移开。他又说话了：

"今天早上红瓦厝的打铁店着火了，你知道不知道？"

"知道。"

听到这样的回答，坤树的话又被阻塞了。又停了一会儿。

"上午米粉间那里的路上死了两个小孩。"

"哟！"她猛一抬头，看到坤树也正从饭碗里将要抬头时，很快地又把头低了下去。"怎么死的？"她内心是急切想知道这问题的，但语调上已经没有开始的惊叹来得那么激动。

"一辆运米的牛车，滑下来几包米，把吊在车尾的小孩压死了。"

坤树自从干了这活以后，几乎变成了阿珠专属的地方新闻记者，将他每天在小镇里所发现的事情，一五一十地告诉她，有时也有号外的消息。例如有一次，坤树在公园路看到一排长龙从天主教堂的侧门排到路上，他很快地专程地赶回家，告诉阿珠说天主教堂又在赈济面粉了。等他晚上回来，两大口袋的面粉和一听奶粉好好地摆在桌上。

虽然某种尴尬影响了他们谈话的投机，但总算和和气气地沟通了。坤树把胸扣扣好，打点了一下道具，不耐沉默地又说：

"阿龙睡了？"

（废话，刚才不是说了！）

"睡着了。"她说。

但是，坤树为了前句话，窘得没听到阿珠的回答。他有点匆忙地走出门外，连头也不回地走了，这时阿珠才站在门口，摇晃着背后的阿龙，一边轻拍小孩的屁股目送着丈夫消失。这一段和解的时间约有半个小时的光景，然而他们之间的目光却没有真正地接触过。

农会的米仓，不但墙筑得很高，同时长得给人感到怪异。这里的空气因巨墙的关系，有一团气流在这里旋转，墙的巨影盖住了另一边的矮房，坤树正向这边走过来。他的精神好多了，眼前直望到尽头，再也看不到那一层黄胆色的阻隔，那麻木的没有知觉的臂膀，重新恢复了举在头顶上的广告牌子的重量感。他估量天色的时分和晚上的时间，埋怨此刻不是晚上，他其实在想睡觉的事。他有这种经验，只要这么经过，他和阿珠之间的尴尬即可全消。其实为了消融夫妻之间的尴尬算是附带的,不知怎么,夫妻之间有了尴尬,而到了某一种程度的时候,性欲就勃发起来。这么白亮的时光,真受坤树诅咒,仓库的四周,麻雀叽叽喳喳地叫个不停。他想到自己的童年,那时这一排矮房子还是一片空地,他常常和几个小朋友跑到这里打麻雀;当时他练得一手好弹弓。电线上的几只麻雀有的正偏着头望他,他略微侧着头望上去,仍旧不变脚步地走着,侧仰的头和眼球的角度,跟着他每一步的步伐在变,突然后面有人跑过来的脚步声,使他惊吓得回转过头。这和他以前提防看仓库的那位老头子一样。他为他这动作感到好笑。那位老头,早在他到这里来打麻雀的时候就死掉了,尸体还是他们在仓库边的井旁发现的。想啊想,电线上的麻雀已落在他的后头了。

一群在路旁玩土的小孩,放弃他们的游戏,嘻嘻哈哈地向他这边跑来,他们和他保持警戒的距离跟着他走,有的在他的前面,面向着他倒退着走。在阿龙还没有出生以前,街童的缠绕曾经引起他的气恼。但现在不然了,对小孩他还会向他们做做鬼脸,这不但小孩子高兴,无意中他也得到了莫大的愉快。每次逗着阿龙笑的时候，都可以得到这种感觉。

"阿龙，阿龙——"

"你管你自己走吧，谁要你撒娇。"

"阿龙——再见，再见……"

他们几乎每天都是这样地在门口分手。阿龙看到坤树走了他总是要哭闹一场，有时从母亲的怀抱中，将身体往后仰翻过去，想挽留去工作的父亲。这时，坤树往往要阿珠再说一句"孩子是你的，你回来他还在"之类的话，他才死心走开。

（这孩子这样喜欢我。）

坤树十分高兴。这份活儿使他有了阿龙，有了阿龙叫他忍耐这活儿的艰苦。

"鬼咧！你以为阿龙真正喜欢你吗？这孩子以为真的有你现在的这样一个人呢！"

（那时我差一点听错阿珠这句话。）

"你早上出门，不是他睡觉，就是我背出去洗衣服。醒着的时候，大半的时间你都打扮好这般模样，晚上你回来他又睡了。"

（不至于吧，但这孩子越来越怕生了。）

"他喜欢你这般打扮做鬼脸，那还用说，你是他的大玩偶。"

（呵呵，我是阿龙的大玩偶，大玩偶？！）

那位在坤树前面倒退着走的小街童，指着他嚷：

"哈哈，你们快来看，广告的笑了，广告的眼睛和嘴巴说这样这样地歪着呢！"

几个在后头的都跑到前面来看他。

（我是大玩偶，我是大玩偶。）

他笑着。影子长长地投在前面，有了头顶上的牌子，看起来不像人的影子。街童踩着他的影子玩，远远地背后有一位小孩子的母亲在喊，小孩子实时停下来，以惋惜的眼神目送他，也以羡慕的眼神注视其他没有母亲出来阻止的朋友。坤树心里暗地里赞赏阿珠的聪明，他一再地回味着她的比喻："大玩偶，大玩偶。"

"龙年生的，叫阿龙不是很好吗？"

（阿珠如果读了书一定是不错的，但是读了书也就不会是坤树的妻子了。）

"许阿龙。"

"是不是这个龙？"

（户籍课的人也真是，明知道我不太熟悉字才请他替我填表，他还这么大声地问。）

"鼠牛虎兔龙的龙。"

"六月生的,怎么不早来报出生?"

"超出三个月未报出生要罚十五元。"

"连要报出生我们都不知道咧。"

"不知道?那你们怎么知道生小孩?"

(真不该这样挖苦我,那么大声引得整个公所里面的人都望着我笑。)

中学生放学了,至少他们比一般人好奇,他们读着广告牌的片名,有的拿电影当着话题,甚至于有人对他说:"有什么用?教官又不让我们看!"他不能明白他的意思,但是他很愉快,看到每一个中学生的书包,胀得鼓鼓的,心里由衷地敬佩。

(我们有三代人没读过书了。阿龙总不至于吧!就怕他不长进。听说注册需要很多钱哪!他们真是幸福的一群!)

两排高大的桉树的路树,有一边的影子斑花地映在路面,从那一端工业地区走出来的人,他们没有中学生那么兴奋,满脸带着疲倦的神色,默默地犁着空气,即使有人谈笑也只是那么小声和轻淡。找这活儿干以前,坤树亦曾到纸厂、锯木厂、肥料厂去应征过,他很羡慕这群人的工作，每天规律地在这个时候，通过这凉爽的高桉路回家休息。

除此之外，他们还有礼拜天呢。他始终不明白为什么被拒绝。他检讨过。他是无论如何也想不通的。

"你家里几个人？"

"我和我妻子，父母早就去世了。我的——"

"好了好了，我知道。"

（真莫名其妙！他知道什么？我还没说完咧。好容易排了半天队轮到我就问这几句话？有些人连问都没有，他只是点点头笑一笑，那个应征的人随即显得那么得意。）

黄昏了。

坤树向将坠入海里的太阳瞟了一眼，自然而然不经意地快乐起来。等他回到乐宫戏院的门口，经理正在外面看着橱窗。他转过脸来说：

"你回来得正好，我找你。"

对坤树来说，这是很不寻常的。他愣了一下，不安地说：

"什么事？"

"有事和你商量。"

他脑子里一时忙乱地推测着经理的话和此时那冷淡的表情。他小心地将广告牌子靠在橱窗的空墙，把前后两块广告也卸下来，抱着高帽的手有点发颤。他真想多拖延一点时间，但能拖延的动作都做了，是他该说话了。他忧虑重重地转过身来，那湿了后又干的头发，牢牢地贴在头皮，额头和颧骨两边的白粉，早已被汗水冲淤在眉毛和向内凹入的两颊的上沿，露出来的皮肤粗糙得像患了病。最后，他无意地把小胡子也摘下来，眼巴巴地站在那里，那模样就像不能说话的怪异的人形。

经理问他说：

"你觉得这样的广告还有效果吗？"

"我……我……"他急得说不出话来。

（终于料到了。完了！）

"是不是应该换个方式？"

"我想是的。"坤树毫无意义地说。

（完了也好！这样的工作有什么出息？）

"你会不会踏三轮车？"

"三轮车？"他很失望。

（糟糕！）

坤树又说："我……我不大会。"

"没什么困难,骑一两趟就熟了。"

"是。"

"我们的宣传想改用三轮车。你除了踏三轮车以外,晚上还是照样帮忙到散场。薪水照旧。"

"好!"

(嗨!好紧张呀!我以为完了。)

"明天早上和我到车行把车子骑回来。"

"这个不要了?"他指着靠墙的那张广告牌,那意思是说不用再这样打扮了?

经理装着没听到他的话,走进去了……

(傻瓜!还用问。)

他觉得很好笑。然而到底有什么好笑,他不能确知。他张大着嘴巴没出声地笑着。

回家的途中,他随便地将道具扛在肩上,反而引起路人惊讶的注视,还有那顶高帽掖在他的腋下的样子,也是小镇里的人所没见过的。

"看吧!这是你们最后的一次。"他禁不住内心的愉快,真像飞起来的感觉。

是很可笑的一种活儿呐!他想:记得小时候,不知道哪里来的巡回电影。对了,是教会的,就在教会的门口,和阿星他们爬到相思树上看的。其中就有这样打扮着广告的人的镜头;一群小孩子缠绕着他。那印象给我们小孩太深刻了,日后我们还打扮成类似的模样做游戏,想不到长大了却成了事实。太可笑了。

"那么短短的镜头,竟然是这样的,真是太可笑了。"坤树沿途想着,且喃喃自言自语地说个没完。

往事一幕一幕地重现在脑际。

"阿珠,如果再找不到工作,肚子里的小孩就不能留了。这些柴头药据说一个月的孕期还有效。不用怕,所有的都化成血水流出来而已。"

(好险呐!)

"阿珠,小孩子不要打掉了。"

(那么说,那时候没赶上看那场露天的电影,有没有阿龙还是一个问题呢!幸亏我爬上相思树看。)

奇怪的是,他对这本来想抛也抛不掉的活儿,每天受他诅咒不停,现在他倒有些敬爱起来。不过敬爱还是归于敬爱,他内心的新的喜悦总比其他的情绪强烈得多。

"坤树,你回来了!"站在路上远远望到丈夫回来的阿珠,出乎寻常地兴奋地叫了起来。

坤树惊讶极了。他想不透阿珠怎么知道了？如果不是这么回事，阿珠这般亲热的表现，坤树认为太突然而过于大胆了。在平时他遇到这种情形，一定会窘上半天。

当坤树走近来，他觉得还不适于说话的距离时，阿珠抢先地说：

"我就知道你走运了。"她好像恨不得把所有的话都说出来。坤树却真正地吓了一跳。她接着说："你会不会踏三轮车？其实不会也没关系，骑一两趟就会熟的。金池想把三轮车顶让给你哟。详细的情形……"

他听到此地才明白过来。他想索性就和她开个玩笑吧，于是他说：

"我都知道了。"

"刚看你回来的样子，我猜想你也知道了。你觉得怎么样？我想不会错吧！"

"不错是不错，但是——"他差一点也抑不住那令他快乐的消息，欲言又作罢了。

阿珠不安地逼着问：

"有什么问题吗？"

"如果经理不高兴我们这样做的话，我想就不该接受金池的好意了。"

"为什么？"

"你想想，当时我们要是没有这件差事，那真是不堪想象，说不定阿龙就不会有。现在我们一有其他工作，一下子就把这工作丢了，这未免太过分吧！"这完全是他临时想出来的话。但经他说了出来之后，马上觉察到话的严肃与重要性，他突然变得很正经，与其说阿珠了解他的话，倒不如说是被他此刻的态度慑住了。她显然是失望的，但至少有一点义理支持她，她沉默地跟着坤树走进屋子里，在一团困惑的思绪中，清楚地意识到对坤树有一种新的尊敬。可能提到和阿龙有关系的缘故吧，她很容易地接受了这种说法。

晚饭，他们和平常一样地吃着，所不同的是坤树常常很神秘地望着阿珠不说话，除了有一点奇怪之外，阿珠倒是很安心，她在对方的眼神中，隐约地看到善良的笑意。在意识里，阿珠觉得她好像把坤树踏三轮车以后的生活计划都说了出来，而不顾虑有欠恩情于对方的利益，似乎自责得很厉害。坤树有意要把真正好的消息，留在散场回来时告诉她。他放下饭碗，走过去看看熟睡的阿龙。

"这孩子一天到晚就是睡。"

"能睡总是好的啰。不然,我什么事情都不能做,注生娘娘算是很帮我们忙,给我们这么乖的孩子。"

他去戏院工作了。

他后悔没及时将事情告诉阿珠。因此他觉得还有三个小时才散场的时间是长不可耐的,也许在别人看来这是一件平凡的小事情。但是,对坤树来说,无论如何是装不了的,像什么东西一直溢出来令他焦急。

(在洗澡的时候,差点说出来。说了出来不就好了吗?)

"你怎么把帽子弄扁了呢?"那时阿珠问。

(阿珠一向是很聪明的,她是嗅出一点味道来了。)

"噢!是吗?"

"要不要我替你弄平?"

"不用了。"

(她的眼睛想望穿帽子,看看有什么秘密。)

"好,把它弄平吧。"

"你怎么这样不小心,把帽子弄得这么糟糕。"

(干脆说了算了。啧!真是。)

这样错综地去想过去的事情，已经变成了坤树的习惯。纵使他用心提防再不这样去想也是枉然的。

他失神地坐在工作室，思索着过去生活的片段，即使是当时感到痛苦与苦恼的事情，现在浮现在脑际里亦能扑得他的笑意。

"坤树。"

他出神地没有动。

"坤树。"比前一句大声地。

他受惊地转过身，露出尴尬的笑容望着经理。

"快散场了，去把太平门打开，然后到寄车间帮忙。"

一天总算真正地过去了。他不像过去那样觉得疲倦。回到家，阿珠抱着阿龙在外面走动。

"怎么还没睡？"

"屋子里太热了，阿龙睡不着。"

"来，阿龙——爸爸抱。"

阿珠把小孩子递给他，跟着走进屋子里。但是阿龙竟突然地哭起来，不管坤树怎么摇，怎么逗他都没有用，阿龙愈哭愈大声。

"傻孩子，爸爸抱有什么不好？你不喜欢爸爸了吗?乖乖,不哭不哭。"

阿龙不但哭得大声,还挣扎着将身子往后倒翻过去,像早上坤树打扮好要出门之前,在阿珠的怀抱中想挣脱到坤树这边来的情形一样。

"不乖不乖,爸爸抱还哭什么?你不喜欢爸爸了?傻孩子,是爸爸啊!是爸爸啊!"

坤树一再提醒阿龙似的:"是爸爸啊,爸爸抱阿龙,看!"他扮鬼脸,他"呜噜呜噜"地怪叫,但是一点用处都没有。阿龙哭得很可怜。

"来啦,我抱。"

坤树把小孩子还给阿珠,心突然沉下来。他走到阿珠的小梳妆台,坐下来,踌躇地打开抽屉,取出粉块,深深地望着镜子,慢慢地把脸涂抹起来。

"你疯了!现在你打脸干什么?"阿珠真的被坤树的这种举动吓坏了。

沉默了片刻。

"我……"因为抑制着什么的原因,坤树有点颤然地说,"我……我……我……"

原载一九六八年二月《文学季刊》第六期

苹果的滋味

房子里一点声音都没有,
只听到咬苹果的清脆声,
带着怯怕地、
一下一下地此起彼落。

车　祸

很厚的云层开始滴雨的一个清晨，从东郊入城的岔路口，发生了一起车祸：一辆墨绿的宾字号轿车，像一头猛兽扑向小动物，把一部破旧的脚踏车，压在双道黄色警戒超车线的另一边。露出外面来的脚踏车后架，上面还牢牢地绑着一把十字镐，原来结在把手上的饭包，被抛在前头撒了一地饭粒，唯一当饭包菜的一颗咸蛋，撞碎在安全岛的沿下。

雨越下越大，轿车前的一大摊凝固的血，被冲洗得几将灭迹。几个外国和本地的宪警，在那里忙着鉴定车祸的现场。

电　话

"……他上午不会来……嗯，嗯，没关系，这件事情我二等秘书就可以决定。……嗯，唔……不，不，听我说，你要知道，这里是亚洲啊！对方又是工人，啊？——是不是工人？……是工人！所以说嘛，我们惹不起。嗯？……听我说完这个。……听我说完嘛！美国不想双脚都陷入泥淖里！我们的总统先生，我们的人民都这样想。……唉！不要再说别的，送去！……嗯！好的，一切由我负责……好，我马上就挂电话……对！……对，就这样办。再见！"

迷魂阵

一个年轻的外事警官，带着一个高大的洋人，来到以木箱板和铁皮搭建起来的违章矮房的地区。这里没有脉络分明的通路，一切都那么即兴而显得零乱。他们两人在这里面绕了一阵子，像走入迷魂阵里打转。"嗨！

在这个地方，小孩子玩捉迷藏最有意思啦！"

跟在外事警官后头的洋人笑着说。

"是的，我也有同感。"不知怎么，他总觉洋人虽然笑着说，但是语意是暧昧的。洋人会不会笑我找不到江阿发的住家，有亏警察的职责？他想这实在太冤枉了，洋人大概不会知道外事警察只是协助管区派出所，处理与外国人有关的案件吧。他后悔没先去找管区，直接把洋人带到这儿来。现在连自己也陷在摸索中。

他稍低着头，一个门户挨一个门户，寻找门牌号。跟在后头的洋人，整个头超出这地方的所有房子，所以他看到的尽是铁皮和塑料布覆盖的屋顶，还看到拿来压屋顶的破轮胎和砖，有些屋顶上还搁着木箱和鸡笼之类的东西。他回头看到洋人对这里屋顶的景色脸上所显露出疑惑的神情时，说：

"他们的新房子快盖好了，河边那里的公寓就是。等他们搬过去，这里马上又要盖大厦。"说完了之后，他为反应的机警而自傲，也为撒谎本身感到窘迫。他想要不是洋人坚持要来拜访江阿发的家，他才不会带外国人来这种地方。他一直注意对方的回话，但是他只听到那种意义极有弹性和暧昧的美国式对话间，听者不时表示听着的"哼哼"声,而使他专心寻找门牌号的注意力,叫一时想知道洋人此时的种种想法分心了。

他们沉默地走了几步,在巷间遇到一个背着婴儿的小女孩。但经他们问她的时候,她才一开口,他一下子愣住了。洋人却在旁轻轻地叫"噢!上帝"。原来她是一个哑巴。

他们走远了,那个哑巴女孩望着他们的背影,还"咿咿呀呀"地喊叫着,连着比个没完的手势。

一阵骤雨

停歇过一阵子的雨,又开始滴落下来。每一滴滴落下来的雨点都很大,而在这以各种不同质地当材料的屋顶上,击出一片清脆的声响。年轻的外事警察内心的焦虑,经雨点摧打,一下子就升到顶点。他正想是否告诉洋人先回管区派出所,恰在难堪的犹豫间,突然发现前面的门牌号就是二十一号之七。

"在这里!"

"真的？"洋人也跟着他高兴地叫了起来。

雨势也一下子落得紧密，他们顾不得文明人造访应有的礼貌，当阿桂母女两人从腌菜桶上猛抬头时，已经和这未经请进的外人骇然照个正面。尽管那位洋人满脸堆着亲善和尴尬的笑容，警察和洋人的突然闯进，让母女两人瞬间的想象中，意识到大事临头而叫恐怖的阴影慑住了。

密密的雨点打在铁皮上，造成屋里很大的噪声，警察不得不叫嚷似的翻译洋人的话。阿桂听不懂国语，只看见警察那么使劲张嘴闭嘴，再加上手势，使她更加惧怕地望着阿珠，希望阿珠能告诉她什么。但是她看女儿惊骇而悲痛地用力抿着嘴的脸孔，惊慌地问："阿珠，什么事？"

"妈——"紧紧抿闭的嘴，一开口禁不住就哭起来。

"什么事？快说！"

"爸……爸爸，被汽车压了——"

"啊！爸爸——？在哪里？在哪里？……"阿桂的脸一下子被扭曲得变形。"在哪里？……"接着就喃喃念个不停。

警察用很蹩脚的本地话安慰着说:"莫紧啦,免惊啦。①"他又改用国语向小女孩说:"叫你妈妈不要难过,你也不要哭,他们已经把你爸爸送到医院急救去了。"洋人在旁很歉疚地说了些话,并且要求警察替他转告她们。

"这位美国人说他们会负责的,叫你妈妈不要哭。"当他说的时候,洋人走过去把手放在阿珠的头上,自己频频点头示意,希望她能明白。

这个时候,那个背着婴儿的哑巴女孩,淋了一身雨从外面闯进来。她不知里面发生了什么事,一进门看到刚才遇见的警察和洋人,惊奇地睁大眼睛大声地连着手势,咿咿呀呀地叫嚷起来。阿桂仍然恍惚而痛苦地呻吟着,"这怎么办?这怎么办?……"当哑巴意识到屋里充满着悲伤的气氛时,咿咿呀呀的声音一下子降低了,而悄悄地走过去靠在阿珠的身边。

"她是你妹妹?"警察惊讶地问阿珠。

阿珠点了点头。警察难过而焦急地说:"快把围巾解下来,婴儿都湿了。"然后转向疑惑着的洋人说:

---

① 莫紧啦,免惊啦:闽南方言。莫紧啦,"不要急啊";免惊啦,"不要怕啦"。

"是她的妹妹。"

"噢！上帝。"洋人又一次轻轻地呼叫起来。

雨　中

阿珠在头上盖一块透明的塑料布，急急忙忙走出矮房地区，向弟弟的学校走去。

雨仍然下得很大，她的背后有一边全湿透了，衣服紧紧贴在身上。其实只要她一出门，好好把塑料布披好，就不至于会淋湿。她一路想着。她想没有爸爸工作，家里就没有钱了。这一次妈妈一定会把我卖给别人做养女。这一次不会和平时一样，只是那么恐吓她："阿珠，你再不乖我就把你卖掉！"

但是，这一次阿珠一点都不害怕。她一味地想着当养女以后，要做一个很乖很听话的养女，什么苦都要忍受。这样养家就不会虐待她，甚至于会答应她回家来看看弟弟妹妹。那时候，她可能会有一点钱给弟弟买一支枪，给妹妹买球和小娃娃。

她想着想着,一点也不害怕,只是愈想眼泪流得愈多。不知不觉,弟弟的学校已经在眼前了。

公训时间

早晨公训的时间,学校里没有半声小孩子的声音溢出教室外。几个嗓门较大、声音较尖的老师的声音,倒是远远就可以听见。老校长手背后,像影子沿着教室走廊悄悄走着。

三年级白马班的女级任老师,右手握教鞭站在讲台上,指着被罚站在她左边墙角的江阿吉对大家说:

"这个学期都快结束,江阿吉的代办费还没缴。"她回头看阿吉,"江阿吉!"低着头的阿吉赶快抬头望她,她接着说:"你每天的公训时间都站在那里,你不害羞吗?"阿吉赶快又把头低下去。"林秀男今天缴了,只剩下你一个人站,你有什么感想?"座席间的小孩子都转头望着林秀男,林秀男先得意地仰头笑笑,而后又害羞似的低下头。

"嗨——江阿吉，你什么时候可以缴？"老师走到讲台的尽头，靠近阿吉，用教鞭轻轻触了一下小孩的肩头，"啊？"江阿吉抬头想回答什么，望到老师的眼睛，小孩又垂下头。老师又用教鞭触一下问："阿吉！什么时候缴？"

"明……明天。"江阿吉小声地说。

"啊——"老师把声音扬得很高。"你的明天到底是什么时候？"全班的小孩子都笑了。"我已经不相信你说的话了。老师不要你明天缴，下个礼拜一好了。你不要以为一站，站到学期结束就可以不缴了。反正你不缴老师还有别的办法。记住！下个礼拜一一定要缴，知道了吧？"阿吉点点头。"好！知道最好。"

阿吉深深地点了一下头，头都没抬，就往座位跑。

"哟——哟！"老师叫起来了。阿吉被喊住，他在同学们的席间回头望老师。同时同学都笑了。"你干什么？你这样干什么？回来，回来，你还没有缴，还是要站啊！你要是明天能够缴，明天开始就不要站，不然老师对林秀男太不公平啦！"同学又转向林秀男看看，林秀男又得意又害羞，一时不知叫他怎么好地低下头。

对江阿吉的事好像告了一段落，老师回到讲台的中间向台下的学生问:"小朋友,这一周的公训德目是什么?"她目光往下一扫,没有一个不举手的。"好,大家把手放下,一起说。"

"合——作——"全班齐声地叫。

"对了,合作,像江阿吉,大家的代办费都缴了,只有他一个人不缴,这叫不叫合作?"

"不叫——"全班的学生又叫起来。

才松了一口气的阿吉,一下子又听到老师提他,他又紧张起来。他想他是一个不合作的人。但是想到代办费,就想到爸爸的一双眼睛直瞪着他。这时他怀念起南部乡下的小学来了。他想不通为什么在南部时爸爸一直告诉妈妈说北部好。要是在南部,代办费晚缴,杨金枝老师也不会叫人罚站。

阿珠一走到三年白马班的教室,一眼就看到阿吉站在那里。她一下子靠近窗口,禁不住地带着惧怕的声音叫:"阿吉!"阿吉一看是姊姊,心里"啊"地叫了一声,随即把头低低地下垂。有点受到惊扰的老师,急忙地走出教室。所有的小孩子往教室外面望,里边的都站了起来。

"江阿吉是你的弟弟吗?"

阿珠点点头，然后说：

"我爸爸被美国车撞到了。"

"有没有怎么样？"

教室里跟着一阵骚动。

"不知道。"阿珠哭着。

"好。你不要难过。"老师回头走进教室，学生很快地坐好。"江阿吉，你快跟你姊姊回去看你爸爸。"阿吉反而没显得比罚站难过。他向老师深深鞠了个躬，慢慢地回到座位收拾书包。

这时全教室的眼光都被阿吉的一举一动牵动着，一直到他走出教室和阿珠走开。

"阿松的教室在哪里？"阿珠问。

"那边。"阿吉用手指向教室尽头的那一边。

上天桥

雨势并没有减弱，阿珠蹲下来替阿松把塑料布包好，"自己都不会穿！"她又一时想到自己将被卖做养女的事，她缩回一只手，分别把两边的眼泪挥掉。"不要难过,姊姊会回来看你们的。"其实阿吉和阿松并没显出丝毫的难过,只是茫然,而又被阿珠的话弄得更糊涂罢了。"走!快一点,妈妈在等我们。"阿珠牵着阿松,阿吉随在身边,他们三个一道走出学校的大门。

当他们在学校附近的马路口,望着两边往来的车子想穿越的时候,一声尖锐的哨子声,从对面的候车亭传过来。

"阿吉,不行!警察在这里。我们上天桥吧。"

阿吉走在前面,轻快地蹬着台阶,阿松有点焦急地叫,"阿兄——,等我一下。"

"你自己不快,还叫人等你。"阿珠抬头望着以天为背景站在那儿回过身子来的阿吉叫,"阿吉——等一等阿松。"她又低头催着说:"快!阿吉等你。"

阿吉一边等着姊姊赶上来,一边俯览底下往来的车辆,最后看着还差五六级就上来的姊姊和阿松。

"姊姊,我不想上学了。"阿吉开始带着悲意的话,使在下面的阿珠停下来抬头望他。阿松不停地往上爬。

"阿吉,"她低头一边沉思,一边跟在阿松的后头上来,"阿吉,你这话叫爸爸妈妈听见了怎么办?"她拉了发愣的阿吉一把,他们在天桥上走着。

"我们缴不起代办费!"

"等爸爸有钱就会缴啊。"

"人家学期都快结束了……"

"没关系!"阿珠安慰着说,"等我去做人家的养女,我会给你钱的。"

"你要去做人家的养女?"阿吉惊讶地问。

"嗯!"尽管她回答得这么坚决,一时泪水涌上来,随她怎么挥也挥不尽。

"妈妈要你去做人家的养女?"

"这一次会是真的啦,爸爸被美国车撞到了……"

阿吉还是不能了解,同时也想象不到爸爸被美国车撞到的事,和他们以后的关系。相反地,这时的注意力,却叫他注意到阿松不在他们身边。"噫!阿松呢?"他们猛一回头,看到阿松蹲在天桥当中的一边栏杆,望着底下过往的汽车出神。

"阿松——"阿珠叫着。

"阿松最讨厌了,每天带他上学,他总是这样,他还带小石子丢车子呢!"

"阿松——"阿珠见阿松没理,气愤地跑过去。

阿吉在这一头,看着阿珠拉阿松过来的样子,禁不住笑了一下。

"我回家一定告诉妈妈。阿吉说你每天都这样!"

"阿吉也是,是他先做的!"阿松瞪着阿吉说。

"我哪里有?"阿吉又禁不住地笑起来了。

"走!走!妈妈一定急死了。上天桥就上了半天!"

"姊姊,背我下去。"阿松站在往下的阶梯口不动。

阿珠一句都没说,蹲下来让阿松走过来扑在她的背上。

坐轿车

阿桂听说丈夫流了很多血,现在正在急救中。想到这里,她只有无助地哭着,口里还喃喃地诅咒说:"我说做工哪里都一样,他偏不听,说到北部来碰碰运气。现在!我们碰到什么呀!天哪!我们碰到什么来着？……"

当他们走到大马路的时候，阿桂还哭着，她顾不得路在哪里，任凭阿珠带她走。

原先的那一位警察和洋人，站在一部黑色的大轿车外面，向他们挥手。

"妈妈，美国仔在那里，阿吉，带他们往这边走。"

那洋人看到他们走过来，随即钻到车子里面，开动引擎等着，警察也钻了进去，坐在洋人的旁边。到了车旁，阿桂的哭声有意无意变大声了，至少她是有一种心理，想要美国人知道他们正遭遇到绝境呐。

警察探出头说："进来啊！"

阿桂只顾伤心哭泣，阿珠望着紧闭的车门，也不知如何下手好。在犹豫间，阿吉伸手拉住把手，拉不动。索性左脚踏在车身，双手握紧把手，使劲用力往后拉，还是不动。这时洋人才发现他们还没把门打开，他"呃"地叫了一声，就在前座半转身，探身过来从里边打开门，阿吉差点就往后翻过去。

要不是警察替他们安排座位，阿桂母子，他们真不知怎么入座呢。还好，因为带着几分不惯与惧怕钻进车子，所以阿桂的头撞上门沿并不很重，只是受到一点惊吓，同时和没料到车子里的那份豪华的气氛加在一起，阿桂一时变得木讷不哭了。

车子才开动不久，阿桂意识到自己坐进车子里突然不哭的情形，反而使刚才恸哭的样子，显得有点假诈。于是乎她又喃喃地低吟，逐渐放声纵情地大声号哭起来。

警察心里不忍听见阿桂伤心的哭声，他回过头说：

"江太太，好了好了，不要哭得太伤心，说不定江先生只是一点撞伤。但是你哭得太伤心了，会使他变严重，说不定会死掉呢！快不要哭了！"本来他也很难过的，但是差一点就为自己所说的话，逗得笑起来。他赶快回头朝前，紧紧咬住下唇。

阿桂不但真正很伤心地哭着，而且虽没听清楚警察对她说什么，但总觉得他们关心着她的哭声，因此她更大声地哭起来，并且模模糊糊地说：

"……叫我母子六个人怎么活下去？怎么活下去？……"

警察又想好了另一句话想劝阿桂，回过头来看她哭得浑身抽动的样子，已经涌到喉头的话又给吞进去了。

他想到她这样哭泣，是不容易劝阻的。换个角度来看，一位穷妇能这样发泄，未尝不是一件很合乎个人的心理卫生的事。想到这里，他觉得自己是自私的。

阿珠抱着小婴儿紧靠着妈妈，沉入做一个养女可能遇到的事情的想象里。阿吉、阿松还有哑巴跪在后座，面对车后窗望着远去的街景嘻嘻笑。爸爸撞车的事，早就随远去了的街景，拐个弯儿不见了。

车子沿着一条平稳的山路跑，后座上的三个小孩，都挤到靠风景的窗边，看山脚下一直变小的房子，阿吉和阿松还能够互相指着什么，兴奋地说看那边、看这边地小声叫，然而那个哑巴女孩，她也兴奋极了，但说出来却变成大声叫嚷："咿呀——巴巴巴……"

白　宫

一座中型的洁白医院矗立在风景区的山岗上，旁边的停车场虽然停了不少的车子，但是没看到人走动。其中几辆白色的轿车和救护车，还有围着朝鲜草的白色短篱笆，尤其是在雨后显得更醒眼。

车子到达停车场，阿桂仍然伤心地哭着。

"好了，好了，到了不要再哭了。"警察说。

但是，这时候的阿桂，看到白色冷冷的医院，看不到有人走动所产生的幻觉，想到丈夫就在这里面，她已经快接触到问题的答案，死了、残废或是怎么的？本来可以抑制的情绪，变得更禁不住了。她蒙着脸由阿珠牵她走，因为过于抑制悲痛的哭声，声音闷在喉咙里，听起来有点像动物残喘的哀鸣。

当阿桂他们跟着那一位洋人踏进医院，阿桂内心里那一股抑制不住的悲伤，给医院里严肃的气氛镇住了。她清醒地来回看看有一点受新环境惊吓的孩子们，把他们拉在一块儿，然后蹲在哑巴女孩的面前，用手语比比自己的嘴，同样地又在哑巴的嘴边比一比，要哑巴安静。哑巴点了点头，随着咿呀地叫了一声，自己马上意识到犯错，同时看到阿桂怒眼瞪她，她本能地往后退一步。阿桂把她拉近，用手势在嘴边比着用针线缝嘴的样子，哑巴吓得猛摇头。

警察从询问台那边走过来，告诉阿桂说：

"江先生的生命没什么危险，只是腿断了，现在正在手术。等一等就出来。"

阿桂从警察的表情，和听他的语气，再猜上几句，也概略知道意思。她望着询问台那边，那位洋人带着安慰的微笑和一位洋护士走过来。洋人很努力地一边说，一边弯下腰在左腿上比一比，在右腿上比一比，然后点点头。这时很出乎大家的意料，哑巴女孩似乎听懂了什么，走到洋人面前，拍拍洋人的腿，咿呀地比划起手脚来。洋人微笑着向她点头。

洋护士带他们到一间空病房等江阿发。一听阿发没有生命的危险，阿桂心安多了，她和孩子们一样，开始注意医院里能看到的每一件东西、每一个走动的人，她心里想在这种地方生病未尝不是一件享受。当洋人和警察离开病房的时候，阿珠问阿桂说：

"妈妈，爸爸要住在这里是不是？"

"我不知道。"

"要住多久？"阿珠有点兴奋地说。

"死丫头咧！你在高兴什么？"她自己差些要笑出来。

阿珠也看出妈妈不是真正在生气，所以她放胆地说：

"我要小便。"

阿珠没料到,阿桂竟然笑着说:

"我也是,从早禁到现在。糟糕!这里要到哪里去便尿呢?"

"不知道。"

"糟糕!"正在叫屈的时候,看到阿吉和阿松跑进来。"你们两个死到哪里去了?"

"我们去小便。"阿松说。

"你们到哪里去小便?"阿桂急切地追问。

"那里!"阿吉随便一指,"这里出去弯过去再弯过去就到了。"

"死孩子,你们真不怕死,这里是什么地方,你们竟敢乱跑!"阿桂说,"在什么地方?带我去。"

"那里!"阿吉高兴得夺门就要出去。

"等一等!慢慢走,不要叫。"

阿吉和阿松带着阿桂她们到厕所,兄弟两个就跑回到空病房来。

"阿兄,这里什么都是白的。"阿松惊奇地说。

"这里是美国医院啊。"

"他们穿的衣服是白的,帽子鞋子也是白的。"

"房子也是白的。"阿吉一边看一边说,"床单被子,还有床也是白的,窗户也是白的……"

阿松心里有一点急,看得见的,能说的都给阿吉说光了。他翻着白眼想了想,冲口说:"小便的地方也是白的!"

"还有……"阿吉想说什么的时候,阿桂和阿珠她们已经回到病房来了。一进门阿桂就责备着说:

"你这个死丫头,放一泡尿好像生一个小孩,等你老半天才出来。一个男的美国仔一直对我说'诺!诺!……',谁知道'诺诺'是说什么死人,真把我急死了。"然后她转了口气问:"那么你怎么小便?"

"是不是坐在那上面?"

"你坐了?"她看到阿珠点了点头,才安心地说:"我也是。"这时,她无意中看到阿珠的胸前突然鼓出来,她伸手去抓它,"这是什么?"

阿珠退也来不及,只好随阿桂探手把它拿了出来。

"这卫生纸,好好哪!"阿珠不好意思地说。

"呀!你这丫头。"她从阿珠的胸前掏出一团洁白的卫生纸,稍做整理说,"真是!你被人看到了怎么办?"她转过身背着孩子,把叠好的卫生纸,塞在自己也在厕所里藏好的部分。她看到肚子鼓得太厉害了,向阿珠抱过小孩放低一点来掩饰。她又说:"这孩子今天怎么搞的?睡死了。"她打量着自己拉拉那里。

这时候,警察突然走进来,阿珠和阿桂吓得连警察都看得出来。警察马上安慰着说:

"不要怕,不要怕,没有危险了。马上就可以看到他了。放心——"才说完,那一位原先一起来的洋人和一位护士,匆忙地走进来,看看里面,和警察交谈了一下,警察就对阿桂他们说:"大家都出来一下。"

阿桂带着小孩子们走出走廊,然后两个男护士走进去,把原来的空床抬出来。不一会儿,带轮子的病床,平放着江阿发默默地被推了过来,推进病房里面。

看到这情形,阿桂和阿珠又哭起来,但是声音不大。阿吉、阿松和哑巴,站在门口愣愣地望着里面,看护士在那里忙碌。小孩子简直就不敢相信那就是爸爸,除了闭着的眼睛和鼻子、嘴巴,其他地方也都裹着绷带。

阿松心里怀疑,禁不住悄悄地拉阿吉的袖子,小声问:

"阿兄,那白白的也是爸爸吗?"问完后,他的眼睛和嘴巴张得特别大。

带翅膀的天使

现在整个病房都是江阿发一家人。因为全身麻醉、药效还没退尽的关系，阿发还在昏迷状态。阿桂又悲伤起来了。这和开始时想象所引起的害怕不同，现在的悲伤是着实面对着一个全家大小依靠他生存的主宰。他已经两腿都断折，头和胳臂都有撞伤，极可能变成残废者。这怎么办？这怎么办？她喃喃饮泣，眼望阿发的眉目，期待他赶快醒过来。阿珠抱着婴儿，流着泪又开始编织她做养女的遭遇。这次重新想起来，没有早上去带阿吉的路上想的那么勇敢了，她害怕得有几次差点就哭出声来。其他三个小孩，看到妈妈和姊姊都那么悲伤，自己也就不敢乱动乱吵。他们静静地这里看看，那里看看，有时心里想到什么，想一想，看一看，也就不敢说出来。

过了一阵子，有一位修女护士走了进来，看看病

人,又看看阿桂他们,然后说:

"有没有醒过来?"

除了那位哑巴女孩,可把阿桂他们吓了一大跳,他们简直不敢相信他们听到什么。

修女看到他们的表情,知道他们为什么惊吓,所以她笑着说:

"我会说你们的话,我是修女,我在圣母医院工作,现在我奉天主的名义,由美国医院借调到这里来,为江先生服务。"她看看阿桂他们,"你一家大小都在这里了?"

阿桂除了向她点点头,不知怎么才好。要不是自己正悲伤着,看一个完全和自己不相同的外国女人,说本地话说得那么流利,实在滑稽得想笑。孩子们都瞪着惊奇的眼睛露出笑容来,使他们想到卡片上带翅膀的天使来。不管怎么样,这位修女的出现顿时使他们一家人,感到世界开阔了一点。就因为这样,阿桂更觉得应该让外人明白她的困境。

怎么办?她想了想,还是老方法,刚才一直就这么悲伤过来的,她马上恢复到修女未来之前的样子,望着江阿发的脸,手没什么意义地摸摸,开始喃喃地哭泣着说:"这怎么办?这怎么办好呢?一家大小七口人啊,不要吃不要穿啦?啊!这怎么办?为什么不撞我,偏偏撞上你?"阿桂真的越想越难过,随修女怎么劝也没什么用,反而越劝越使她激动。修女也知道,这种情形对阿桂这样的女人来说,让她再面对残酷的事实,很快就会叫她坚强起来。修女趁阿桂还在哭的时候悄悄地走避一下。

阿桂仍然哭她的……

凄惨呐!这怎么办好呢?这怎么办好呢?

"妈妈、妈妈,修女走了。"阿珠抬着泪眼说。

阿桂马上抬头转过来,看了一看,然后用哭红了的眼睛瞪着阿珠,有点恼怒地说:

"她走了关我们什么事!你叫我干什么?"看阿珠低头,接着又说:"你爸爸撞成残废你们都看到了,以后你们每个人都要觉悟,眼睛都给我睁大一点。"

阿珠一下子又联想到养女的事。她没想到告诉妈妈说修女走了,妈妈会生那么大的气。她完全是好意,以为妈妈是在诉苦给修女知道呢!冤枉呐!这么一想,阿珠不知道哪里来的泪水,一下子又簌簌地落个不停。

"阿吉和阿松!"阿桂看到阿珠的样子,觉得有点委屈了她，于是她转了目标，"你们两个也一样！爸爸不能打工了，你们就要替爸爸打工。"

不知怎么搞的，阿吉心里有点忍不住地好笑，咬紧下唇低头避开妈妈，不让她看见。站在旁边的阿松，听妈妈威吓着说要替爸爸打工，他竟认真地、乖乖而顺从地说："好。"

这一下阿吉可忍不住了，嘴一咧开竟咯咯地笑起来了，尽管阿桂咬牙骂："呀！好好！死孩子，你疯了！快死啦！"这一下子没让他咯咯的笑声倾个光是不能罢休的了。

信主的有福了

一方面是麻醉药效的退尽，一方面是阿吉咯咯的铿锵笑声，同时使江阿发苏醒过来。

他微微地呻吟了一声，全室的气氛马上又变成另一种。阿桂一手按着他的胸："不要动！你的腿更不能动。"

阿发躺着用力勾头，想看清楚自己的腿："我的腿怎么了？"

"两腿都断了。"

阿发听说两腿都断了，勾起来的头，一下子乏力似的跌回枕头叹了一声。"我以为这一下子死了，"望着天花板沉默了一下，眼睛还发愣说，"小孩呢？"

"都来了，都在你的旁边。"

"爸爸。"阿珠小声地叫，阿吉、阿松也叫了。哑巴虽然没叫，她悄悄地和大家排成一排，靠着床沿和妈妈相对。阿桂看阿发默默地一个个看着自己的孩子的时候，忍不住在另一边哭起来了。这时大家好像都变很笨，木讷得不知说什么好。越是这样，每个人的心里越是难过，每个人都期待有谁先开口说话。这时，阿珠手里抱的婴儿"哇"地哭了。

"孩子给我。"阿桂说，阿珠绕过去把婴儿给了妈妈。"这家伙好像知道你出事了，早上到现在没哭半声，现在一定饿了。"阿桂一边说一边把乳房掏出来给小孩喂奶。整个房子，除了小孩吸吮奶的声音之外，又沉默下来了。

阿发的心里实在难过，想到自己的伤残和眼前的这一群,他在怀疑自己是不是死了?为什么不死?要么就死掉,不然让我这样活下来怎么办?

"这里是什么地方?"阿发惊讶地问,好像现在才意识到似的。

"美国医院。"

"啊!美国医院?我们哪来的钱?"

"我也不知道,是美国仔和一个警察把我们带来这里来看你的。"阿桂说。

"他们呢?"

"他们说等一会儿就来。"

阿发再也不说一句话了,好像有很多心事地躺着,脸上的表情一会儿紧、一会儿松,阿桂猜测到他多少是在自责。于是阿桂说话了。

"你想一想,我们以后的日子还那么长,怎么过?"说到此,鼻子一酸泪也下,声音也怨,"我告诉过你,当初你就不听。我说要是打工的话,到哪里都一样,你偏不信,说什么我们女人不懂,到大都市可以碰运气。打工又不是做生意,有什么运气可碰?有啦!现在我们可碰到了吧。"

"妈妈——好了。"阿珠急得叫了起来。她看到爸爸没说话气得脸发青,她知道妈妈要是不停地嘀咕下去,爸爸一定会大发脾气,一发不可收拾。这种情形阿珠看多了,他们每次都是这样吵起来的。阿桂也知道,只是一到了这种情况,自己也不知道该怎么办才好。阿桂总算及时停住,没再讲下去。沉默中只听到阿发激动的、大口的呼吸声。阿桂记起护士的交代,有必要时,按床头边的电钮。她按了电钮,没有一下子,那位和蔼的修女就跑进来了。

"醒过来了。"修女一进门看到阿发就说,然后一直走到阿发的身边,手放在他的额头:"有没有感觉到怎么样?"

阿发和阿桂他们刚才一样,头一次听外国人说本地话给吓住了。

"很好,没发烧。"她从袋子里取出体温计,拿在手里甩一甩,看一看,"嘴张开,含着就好了。"她把体温计放在阿发的口里。然后看着每一个人笑着说:"你们现在还怕不怕?嗯?"

"怕也是这样,不怕也是这样。烦恼就是啦。"阿桂说。

"你们信不信天主?"她看到阿桂哑口无言,接着说:"信主的必定有福!"

这时候,原先那一位洋人和警察一道进来了。他们抱着好几个装满东西的袋子。修女和他们打个招呼,天主的事情也暂且作罢。

他们把一样样的东西放在桌子上,"这是三明治,这是牛奶,这是汽水,这……这是水果罐头,还有这是苹果。"警察一样样念着,"中午你们就吃这些。"

小孩子们都望着纸袋出神。修女把阿发的体温计抽出来看:"很好,没有发烧。"

随即她在床尾拿起记录表填写记录。洋人和警察靠近阿发,对他笑笑,阿发也莫名地跟着笑笑。

"这位是格雷上校,是他的车子撞到你的。"警察对阿发说。

格雷上校连忙伸手去握住阿发的手,嘴里巴拉巴拉地说个没完。阿发从他的表情也可以猜到几分对方的歉意。

警察翻译说:"他说非常非常地对不起,请你原谅。他说他愿意负一切责任,并且希望和你的家庭做朋友。"

阿发和阿桂不会听国语,但是他却猜到是格雷撞到他，所以他抱怨而带着呻吟的声音说：

"呃！——是你呀！你应该要多小心一点，我远远看到你的车就先闪让开了，想不到你却对准我冲来，哎哟！现在你撞上我，连我的整个家也撞得乱七八糟了。……"格雷上校很想知道阿发说了什么，他望着警察，警察望着他摇摇头。后来还是在后头的修女，把阿发的意思说给格雷先生听。

从此修女就替格雷上校充当翻译。

"……除了保险公司会赔偿你以外，这一次在道义上格雷上校自己，还有因为公事的关系，他的服务机关也愿意负担责任，不会让你们因为江先生的残废，生活发生问题。并且格雷先生想征求你们的同意，想把你们的哑巴女儿送到美国去读书。"一下子大家目光都集中到哑巴身上，害哑巴吓得发愣，要不是格雷先生把手放在哑巴的头上抚摸她，哑巴可能想象得很可怕。阿桂和阿发互相看了一看。修女又说："没有关系，这等以后再商量好了。那么这里有两万块钱。"她从格雷手上接过纸包，放在阿发的胸上，"你们先用它生活，以后还要给的。"

两万！这可把阿发和阿桂弄昏头了，钱已送到面前，不说几句话是不行的。说呢，说什么好？在不知所措的当儿，他们两个只觉得做错了什么事对不起人家似的不安。

一直站在旁边的警察突然开口说：

"这次你运气好，被美国车撞到，要是给别的撞到了，现在你恐怕躺在路旁，用草席盖着呢！"

阿珠凑近爸爸的耳边把警察的意思说给他听。阿发一下子感动涕零地说："谢谢！谢谢！对不起，对不起……"

苹果的滋味

他们一边吃三明治，一边喝汽水，还有说有笑，江阿发他们一家，一向就没有像此刻这般地融洽过。

"阿桂，回去可不要随便告诉别人，说我们得到多少钱啊。"

"我怎么会！"阿桂向小孩说："你们这些小孩听到没有！谁出去乱讲，我就把谁的嘴巴用针缝起来。"

"我不敢。"

"我也不敢。"

"爸爸,这些汽水罐我要。"阿吉说。

"我也要。"阿松说。

"这些汽水罐很漂亮,你们可不能给我弄丢了!"阿桂认真地警告着:"弄丢了,我可要剥你们的皮。"

"我知道——"孩子们高兴地叫起来。

阿发有一种很奇怪的感觉,一种无忧无虑,心里一丝牵挂都没有的感觉,使它流露到他的脸上,竟然让阿桂看起来显得有点陌生。阿桂做梦也没想到,和他生了五个小孩的江阿发,也有这么美的一面。她趁阿发没注意她的时候,把自己的头再往后移,然后痴痴地看他。看!什么时候像今天这样清秀过?今天总算像个人样了。

阿发喝着牛奶,偷偷看了阿桂一眼,他心里想,她怎么不再开始唠叨?并且希望阿桂又说"你说来北部碰运气,现在你碰个什么鬼?"这一句话。我想等她那么说的时候,我马上就可以顶上一句:"现在这不叫作运气,叫什么?"呵呵,准可以顶得叫她哑口无言。阿发又看了阿桂一眼,正好和阿桂的目光相触,两人同时漾起会心的微笑来。

他们一家和乐的气氛,受到并不讨厌的打扰,那就是格雷带工头和工人代表陈火土来探病。

工头和火土一进房里,一句慰问的话也没有,只是和平常一样嘻嘻哈哈地,开口就说:

"哇!阿发你这一辈子躺着吃躺着拉就行了。我们兄弟还是老样,还得做牛做马啦。谁能比得上!呵呵呵。"

"嘿嘿嘿,兄弟此后看你啦!"工头说。

阿发和阿桂一时给弄得莫名其妙。

"喂!火土,你们到底说什么?我给搞糊涂了。"

"别装蒜,你以为我们不知道?美国仔都告诉我们了。而且你家的哑巴女儿也要送到美国读书,还有……"

"谁说的?"阿桂问。

"我们工地的一百多个兄弟都知道了。"

"应该嘛!不然我们怎么会知道兄弟没有受欺负,是不是?"

"对,有啦。这位格雷先生做人很好。"阿发说。

火土叫了一声,然后狡猾地说:"喂,阿发,你是不是故意的？哈哈——哈——"

"火土仔，亏你说得出来！"阿发拿他们没办法，啼笑皆非地笑着骂火土。但是大家都笑起来。

"火土，你要的话就让你好了。"阿桂玩笑地说。

"我？我哪有你们的福气。你看嘛，我下巴尖尖的哪里像？"大家又哈哈大笑起来。

为了工作的关系，工头和火土算是慰问就走了。

"碰到他们这一群，装疯装癫的真拿他没办法。"阿发突然觉得脚痛。

"呀，脚痛起来了。"

"叫护士来。"

"等一等，她刚刚才来过，不要太麻烦人家啦。"他看到小孩子望着苹果就说："要吃苹果就拿吧，一个人一个。"小孩子很快地都拿到手。"也给你妈妈一个呀！"

"我……我不，我不。"但是阿吉已经把苹果塞在阿桂的手里了。"你也吃一个。"

"我现在脚痛不想吃！"

"叫护士来？"

"说过不用了，你没听到？"阿发有点烦躁地说。

大家拿着苹果放在手上把玩着，一方面也不知怎么吃好。"吃啊！"阿发说。

"怎么吃？"阿珠害羞地问。

"像电视上那样嘛！"阿吉说完就咬一口做示范。

当大家还在看阿吉咬的时候，阿发又说："一个苹果的钱抵四斤米，你们还不懂得吃！"

经阿发这么一说，小孩、阿桂都开始咬起苹果来了。房子里一点声音都没有，只听到咬苹果的清脆声，带着怯怕地、一下一下地此起彼落。咬到苹果的人，一时也说不出什么，总觉得没有想象那么甜美，酸酸涩涩，嚼起来泡泡的、有点假假的感觉。但是一想到爸爸的话，说一个苹果可以买四斤米，突然味道又变好了似的，大家咬第二口的时候，就变得起劲而又大口地嚼起来，噗喳噗喳的声音马上充塞了整个病房。原来不想吃的阿发，也禁不起诱惑说：

"阿珠，也给我一个。"

原载一九七二年二月廿八至卅一日《中国时报·人间副刊》

小琪的那顶帽子

就在这很短的瞬间,
发生了很大的剧变,
我差点昏厥过去。
我看到几乎只剩头盖骨的东西。

武田瓦斯快锅招考进来的六十五名推销员，经过三天的职业训练，最后就剩下我们二十一名了。公司方面倒很像一回事地在结训那一天，董事长和总经理特地站在门口，等着我们一个一个走出来，郑重其事地跟我们一一握手，口里还说："从此公司就看你了！"

　　我在后头一个一个挨近，心里觉得好笑。轮到握我的手的时候，我差点就笑出声来。

　　我很想他赶快放掉我的手，让我走出去。

　　"王武雄，我对你有个建议。"总经理说着，更用力地握紧我的手摇了摇。我很想把手抽出来，但是很显然是不可能的事，我觉得手有点痛。我望着他的笑脸，不由己地我也笑了。他像是有什么话想说，一下子又缩了回去。他说有个建议。我心里想，不知道还有什么话比"从此公司就看你了"这一句更肉麻的？我等着。他笑着说了："以后跟人握手，一定要用点力。像你这样跟人握手，会让对方失去信心，也会让对方觉得没有诚意。当然，平时你爱怎么都可以。但是从现在开始，你是武田公司的一员，你代表武田公司跟人握手，一定……"

连我自己也莫名其妙，没等他说完，我突然使尽全力反握他一把。我很清楚地意识到，原先坚强有力的手，一下子在我的掌中稀里哗啦地垮了。因此由这偶发的惊讶，致使他无法说下去。我稍放松手，想让他说完没说完的部分。可是他支吾了一下，话也转了方向。他苦笑着说：

"好，好。就是要用力。"

我心满意足地放开他的手，正想走开，他又对我说：

"用力是必要的。但是太用力也不行，太轻也不行，嘿嘿，刚刚好最好。"

我向他点头笑笑，还看到他极力隐藏着心底里的难受劲的表情，看到他偷偷地试着想展开黏在一起的指头。经这一推迟，害得下一个跟董事长握完手的那一位同事，站在他面前，手伸出老半天，还没等到总经理的手来接。看那一位举手落空的同事，露出怪难为情的表情而不知怎么好的样子，真好笑，也真可怜他。

奇怪！我在握手之前的那种对在职训练的厌烦，连带着对这件职业的不屑与无奈所构成的杂乱心理，竟顿时不见了，并且很清楚地意识到，这种一下子舒畅起来的心境，是从总经理的手，在我的掌中稀里哗啦垮掉的那一瞬间开始的。我们总经理没为这件事生气的原因，可能是因为录取六十五名，经过三天的训练跑了四十四名，觉得人才难求才做了让步的吧。不过总经理在最后的一节，还特别强调说，公司本来就预定要二十名，明知道三天的在职训练会跑一些，所以才通知六十五名来受训。现在刚好，多一名没关系，这证明这次的优秀人才比正常的比例还多出一名。稍聪明一点的人，都知道这是自圆其说的鬼话。

本来在第二天，上完快锅的结构和性能，我就想放弃这件工作不干了。那一位叫陈工程师的中年人，一上台把外形很简单的快锅，不一下子的工夫，就分解开卸成一堆零件。他不厌其详，一个部分一个部分拿起来说明：说这是外锅，这是内锅，这是护框橡皮套，这是压力盖，这是安全扣和泄压孔，还有这是外锅盖和保险栓，另外这是警声器，接着他说明各部结构的关系和功用，还说警声器一响，一定得马上把火关小，他还想在黑板上演算温度和压力的关系，我听得心里发急，禁不住站起来说话了。

"报告陈工程师，我是刚从军中退役下来的，在军中我干兵工。我觉得要一个家庭主妇处理这种快锅，比我们处理地雷更伤神经细胞呀！"

话才说完，马上引起全体在座的同事开怀大笑，竟然还有人捧场鼓起掌来。这可叫台上的陈工程师大大地不悦。我可以看出他极力忍耐着。他的脸一会儿青、一会儿白，吞吐了一下，终于勉强开口了。

"你对我们的商品没有信心，怎么能够推销我们的商品呢？"

我心里想，把这种类似炸弹地雷的快锅，推广到人家的厨房的事，不干也罢。这么一想，勇气也来了。要翻就翻个彻底。于是我说了：

"陈工程师，这种东西你发明的，你当然有信心……"

"不，不，我没有那么了不起。"他打断我的话说："这是日本人发明的。人家日本已经用了一二十年了，我们是现在才要用这种东西啊！这是日本原装进口的，知道吧？"他的话里面的弦外之音，带有一点为我们晚了一二十年的落后而觉得羞耻。一边说，还一边眼望着在旁的总经理，好像要总经理马上把我拉出去斩了。因为他的视线的转移，那么富有意味，使在座的同事也跟着他望着总经理。总经理笑了笑，没表示任何意见。

"请问一下，"我又说，"如果我刚才的问题，是一般消费者家庭主妇的问题呢？"

我看他愣了一下，接着说："当我们挨户去推销快锅的时候，主妇们也这么问。那么我们是不是也可以学陈工程师的语气说：'你对我们的武田快锅没有信心，怎么可以使用我们的武田快锅呢？'"

话还没完，又是一场大笑，和全堂的热烈掌声。

"好了，好了，各位安静。"总经理并没带着恶意敲着桌子叫。他一边说，一边走上台："我很欣赏王武雄的口才。他一定可以当一个优秀的推销员……"又是一阵笑声和掌声。"大家请听我说。现在我们就先听陈工程师的解说。有关王武雄提出来的问题，我们留到推销术的课再来讨论。"他转向陈，用日本语哇啦哇啦了一阵。"好，请继续上课。"

我看那时没有信心的是陈工程师，而不是我。当他继续讲快锅的时候，不是低头，就是对着挂图说话，刚才那种带有弦外之音讥笑我们落后的语气没有了，声音变得畏缩起来了。我不时转向每一个新同事，他们都露出笑容迎我，有的还向我偷偷地伸出大拇指摇一摇。虽然逞一时英雄，得意是得意，对这样的工作心底里压根儿就厌烦。我本想跟人溜了算了，后来想一想，如意的工作实在太不容易找了。对我来说，动不动就大专毕业为条件，这是一大伤心事。服役回来，洗了三打两吋半的半身相片，买了一沓简历表，拟好了一份情文并茂的自传，每天看报纸上分类广告的征人启事。看到稍合人家条件的就寄，反正对象不问大专毕业，管他要的是推销员、访问员、临时雇员。结果，大部分都是石沉大海。首先还担心邮差搞丢了，用挂号信寄了不少。这种几近地毯式的应征，偶尔也被通知应试，但过后也不了了之的为多。有时对几件自己比较向往的工作，过后还借故附邮去讨回相片，最后还是得不到回音。为了找工作，每天都把投出去的心提吊得高高，实在被恼得十分易怒。父母再也不敢催我说：应该找一份工作了。事情发展到这种地步，到最后倒不完全是为了工作。我就变得只要找个借口离开家里，不再看到家人为我愁眉苦脸就好了。

　　武田公司还算是效率不错，应征函寄出去三天，就得到应试的通知。三四百人经过一天的笔试和口试，第三天又通知录用受训。我被录用了。一个月伙食津贴一千两百元，底薪一千两百元，其余的算奖金；卖一个快锅抽五十元。但是一个月甲级地方起码卖出五十个快锅才算奖金，乙级地方四十个，丙级地方三十个。要是超出标准的百分之五十，另再加五百元奖金……这就是他们在征人广告里面所谓的月入万元。反正卖不到四十个，一个月也有两千四百元。心里说，好吧，走着瞧好了，一边工作，一边找理想的工作。这么一打算，心里的什么鸟气、污气、秽气、霉气都可以忍下来。

　　就这样，我被分配到这个临海的小乡镇，在公司的业务地图上，算是乙级地方。公司在一条长巷的巷口，替我们租了一个四四方方的房子。据说是老医生房东的旧车库。我说我们，其实我们指的是只有我和林再发两人而已。因为他的年纪长我十多岁，所以他是武田牌瓦斯快锅此地分所的主任。总经理怕我不服，还特地这样跟我说明，我是副主任。一盒子名片，快三个星期了，我一张也没用，林再发说他已经用了好几张了。一百只快锅连纸箱子堆积了半间旧车库,稳如泰山,我们一只也没销出去。剩下来的半间房子的空间,铺上我们上下铺的单人床,再加一张小型办公桌子,两张折叠椅,只要再搬进来一点什么,我们的呼吸都要遭受到威胁了。

林再发实在是一个很忠实的推销员。我是说他忠于公司。每天累得半死,睡前一定要把报表填好,并且没有一栏不填的。尤其是消费者的反应和意见栏、检讨栏,每次没有一个地方不是填得密密麻麻,有时还嫌不够,另外再附一封信补充说明清楚。

每次填表的时候,一定也要问我的看法和意见。开始几天我还有话说,后来简直把我烦死了,但是他还是一定要问。我忍不住地叫了:

"算了吧,我的好主任。你花这么多的时间和精神写,最后公司看不看这些东西还是一个问题呢!"

"为什么不看?"

"看?要是他们看了,为什么他们一直没答复你的建议呢?"我看到我这句话,真像一盆冰水从他的头顶浇下去。他一下子显得有点沮丧受冷。我趁他丧气时说:"我知你每天都在等太太的信,也在等公司的信。结果公司的信呢?"我的话才说完,他也说话了,好像经过挣扎之后，振作起来似的。

他说："工作不只是向公司交代，同时也向我们自己交代。你才二十出头的少年家，你可以这样想。我三十多岁了，我可不能跟你一样的想法啊。"他想说服我，其实他是在说服他自己。他好像办到了，又勤快地埋头填表。

我趴在上铺探头往下，看他趴在桌子上的神态，令我为他感到可怜。这时我想着林再发的认真，公司的敷衍，林再发不知道公司的态度的情况，知道了的情况，他仍然不减认真。脑子里紊乱得想理出一点头绪。突然得到一个结论。我得意地竟然没头没尾，冒出口就说：

"林再发，有时候信心和受骗，只差一张卫生纸之隔啊。"

他抬起头向我强做笑容。其实我已经意识到我的贸然，同时知道他一下子没听清楚我说什么，也可能一下子还没把脑子转过来，没听懂我说的。但他怕因为没理我，而令我受窘。他的强做笑容的意思，已经是这么明显的了。林再发这家伙就是这样一个老实人。我说我又尊敬他，又可怜他，就是这个道理。

我正觉得我不该扰乱他，而愧疚地翻过身想躺下来，让他好好去做他的事。我才把头放在枕头上，他却愉快地叫起来。

"王武雄。"我又翻身趴着望他。他抬头看我说："你要睡了？"

"还没。"

"你相信不相信，小孩子还没生出来，在肚子里面就会打他母亲？"

我被他这一句突如其来的话，问得有点莫名其妙。刚刚看到他那么认真地填着报表，怎么会毫无头绪地问出这样偏远的话来呢？

我呵呵地连笑了几声："这种事你不知道，我怎么会知道？"我又笑着问他，"你不是在填报表吗？"

"我突然想到我太太的信。"他把笔搁下来，"她说小孩子最近经常伸出小拳头擂她的肚皮。"说着，他竟然松松地握着拳头，说"擂"字的时候，握拳的手像电影上的慢动作，慢慢地比画了一下。"她还说如果我在家，隔着肚皮可以让我摸到小拳头呢。"他笑得很开心。来到这个临海的乡镇，我们一只快锅都卖不出去，可以说他一直是愁眉苦脸的，像这样的笑容在他脸上绽开，我还是第一次看到。

我也笑了。我是被他们的那种幸福美的情感感动的吧，同时亦觉得这些话笨得太可爱了。不过我当时还是想不通，像这类无关紧要的话，也会变成大男人的话题吗？但是我意识到自己并不厌烦这些话，反而听得津津有味。对这一类事的知识，我是一窍不通。我很自然地问：

"那么你太太痛不痛呢？"

"咦？我倒是要写信问问她。不过看她在信中提到这件事，写得好轻松。"

"说不定你这小鬼，以后是小国手呢！"

"你说是少棒？"他兴奋地问。

"是啊！"

"嗯！那不错。"才露出来的喜悦，一下子又蒙上了一点阴影说，"说不定是女的。"

"女的现在也有女少棒了。"

他似乎没听到最后这句话。刚刚劈头就问我有关胎儿的胎动的那一份兴奋劲儿，不见了。我知道这是他们的头一个孩子。他又拿起原子笔，面对桌子上的工作日报表，专心致志地，好像连我也给忘了。但是我一直没看到他落笔写一个字。他在想他的事情。我也开始想。

自从我离开家里那一伙数电线杆的年轻朋友，跟林再发一起以后，我变得常常会沉入自己的心底去想。他想，我也想。不过我的想头，完全是被一种好奇心使动。

我在想，林再发一开始是认真地填报表，然后为什么想到太太的信，再谈及小孩子？其实，我早就有这种追根究底的嗜好。比如说我在家里，跟一群朋友聊天。我们开始时是谈新兵训练，最后结束时谈派对。事后我一个人的时候，总是爱从头演述，或是从后头追溯也好。看怎么由新兵训练谈到派对，结果会发现我们是串了好多好多不相干的话头。我也这样猜测着林再发的心底事。

或许他想，正如总经理所说的，快锅的市场，在台湾还是很大。台湾有两百五十万户人家，就算十户买一只快锅，也有二十五万只啊。所以大家好好干，这是很有前途的一项工作。所以他不但认真填写报表，白天的挨户推销工作，他更是不辞辛苦，遇到人家的冷漠，也露着真诚的笑脸赔不是。开始几天我觉得他很虚伪，后来我发觉他一直都是这样。平时我对他的冷嘲热讽，他也以那种笑容包涵。或许他想，工作有了进展，也就可以不叫太太挺着那么大的肚子，到美容院工作。他的太太美丽，差不多两天就给他一封信。他说他的岳父真冒险，一个小女孩一出生，还不知道将来是圆的或是扁的，就取名叫美丽。当然，他能笑着说"冒险"两个字的时候，那一件事算是脱险了。我没见过他太太。我猜他太太是美丽的。他曾告诉我，说他们的婚姻，曾遭受到女方家长的极力反对。他说他的精神上负担很重。他不能因为自己让美丽被他们的家人和亲戚朋友笑。

他觉得快锅的推销工作，很可以干，成功了还可为他们争一点气。多少天来，没推销出一只快锅，他觉得不是快锅不好，而是推销的方法上，或是说明和说服力上，还没得到要领。他一直在做这样的检讨。来到小镇的第二个礼拜的头一个晚上，他跟我提出两点建议。他说：

"武雄，我们工作一个星期了，一点成绩都没有。"

"有什么办法。我觉得一点希望也没有。"我说。

"这么早就失望，有点言之过早……"

我对他的乐观表示不能忍受。我没等他说完就说：

"人家根本就不听我们的，并且时间太短又说明不清楚。要做详细说明，一定要等家庭主妇有闲的时间，又跑不了几家。并且一次只对一家，一家又一家，一样的话反复又反复地说。我们像什么？连录音机都不如！"

"这样好不好？"他很有耐心地说，"我们过去都是两个人一道出去。这是一线进行。我想为了效率，我们应该分两线进行。我们分开推销。不过，"说到这里，他赶快强调语气说："你不要误会我的意思……"

我知道他的为人，不等他做说明，我表示很了解地说：

"我不会误会你，你放心好了。是可以这样试的，不过我不敢抱任何希望。"

"试试看。还有，我们如果要休息的话，不要跟人一样星期天休息。星期天他们都在家，是推销东西最好的机会了。"

"随便，都不休息也无所谓。"

那天晚上他在填日报表的时候，他把所有空栏写得满满的，还把这两个准备做的事情，也另附信说明了。

几天后，事实证明我们的办法行不通，反而使我们更累。他还说，如果公司能让用户先试用那就好办，并且还建议公司能让人分期付款。那晚的报表又是密密麻麻。他热切地等公司方面的回答，然而一个字的回音都没有。我还跟他开玩笑地说：

"公司已经从这地球上消失了。这也好，到月底拿不到两千四，换来一百只库存的快锅，一个人五十五十，拿去贱卖，还可以卖不少钱哩！"

那一天他很不快乐。要不是那一天太太来了一封信，不知道他要怎么过。那晚他喋喋不休地说他和美丽的事。他还说了他们的计划。他说他们省吃俭用，租最便宜的房子，现在在邮局有一万多元的存款了。

"这样，小孩出生的时候，我们就不缺钱了。"他笑了笑，又说："我不敢像我泰山那么冒险，小孩子的名字取得像人名就行了。"

我听他说话的态度，一向是矛盾的。我很不耐烦他的话，但是看他谈得那么充满希望，好像不听他说下去，我就变得很残忍了。

我想着想着，趴累了，翻转过身平躺着。这天林再发又接到美丽的信，他在填报表的时候，没有业绩可填，一直是没有业绩可填，他的心有些不安，这时太太信中提到小孩子的情形，又是那么有力地在扭转他的注意力，于是他把工作和小孩子牵扯在一块儿想了。

这两个问题搭配在一起,他的得失心就变重。难怪他填表时想到小孩,而又变得沉重起来。
　　因为我没有任何负担,所以也引不起什么得失心来。相反地,我反而觉得有所得呢。我只好抛开工作不想,往个人对这地方的印象去想了。两三个星期来,我发现我很喜欢这个临海的小镇。当然,包括这里的人,这里的色彩和风景,尤其是渔港那方面。没有一个黄昏,我不坐在船头上抽烟的。因为白天在推销快锅的时候没有什么机会抽烟。并且我们在受训的时候,总经理就交代,说家庭主妇大部分都反对丈夫抽烟,所以不喜欢烟味。推销生意往往会为了推销员抽烟,把生意搞跑了。我并没理这一套,只是事实上,跟林再发那么认真的人一起工作,根本就没机会抽烟。我心里有点惊讶。奇怪的是,现在躺在床铺上,单单想起抽烟看落日的情形,竟然像我离开了这个地方很远,还隔了一段很久的时间似的,回味着那些经过记忆过滤后透彻的印象。第一根烟,在海风的刁难之下,总是要划很多根火柴。点着了以后,就像护香火一样,一根挨一根地抽,一根接一根把火引过来新的以后,才把旧的弹掉。到了天黑,顺着海风把烟蒂弹出去,红红的火星像划一道长虹陨落。林再发说我像诗人，看到落日还会赞美一番。他说他有时候看落日，心里还在记挂着快锅一只都没卖出去。后来他就很少跟我来了。我想我要不是为了推销快锅，我也不会来这个离家一两百里的地方，更不会认识小琪。说到小琪，林再发就笑我说是十年计划。当然他是说着玩的。不过有一次我表示不高兴再听他那么说的时候，他说：

"说着玩的嘛。其实我跟我太太就相差十二岁。我像你的年龄时，她就像小琪那么大。"

"别无聊好不好？报表都填好了？"真叫我啼笑不得。

"说真的。"他用很平静的语气说，"小琪这个小女孩子，一看就跟别的小女孩子不同，将来一定很美。"

凡是看过小琪的人，都会同意林再发的话。的确，小琪是一个很好看的小女孩子。

不过我曾经想了好久，才发现她除了面貌长相出众，还有一点跟一般小女孩子不同的地方。那就是小琪虽然是小学三年级，但是她没有小孩子所谓的可爱，却有了所谓红颜的那种美。同时也令人为她感到，薄命的那种命运已附着在她身上。我们是上上个礼拜天搬来的，认识她也有两个礼拜了。在我的印象中，小琪没说过几句话。我们几乎每天都会见一次面，她向来都不主动说话的，问她话也不见得全部能得到应声。可能就因为她是这样不爱说话的关系，我看到她的时候，都是她一个人。只有一次，我看到她跟一位海防的老士官，在渔港那里走过。后来我才知道那就是她爸爸。问到她妈妈的时候，始终没得到她的回答，甚至有一次她还跑了。

　　记得我们到小镇的第一天，小琪就出现了。那一天公司的卡车晚到四个小时。其实搬一百只快锅不算什么。问题是因为巷口的路正在填修，卡车只能把货卸在五六十米远的路旁，再加上时间已不早，在昏暗中又怕两个人搬，没有人留下来看东西。我心中莫名地懊恼着，我知道，林再发也一样。当我搬回第一只快锅时，我看到一个小女孩子站在分所的门口，正往里探望而妨碍了我的去路。我心里正想喝声的时候，她突然转过脸来。就在这瞬间，我反而受到惊吓而吞了一口气，心想差半秒钟就会后悔自己的鲁莽。万万没料到背影是一个小女孩子，转过来竟有那么秀丽而成形的脸庞。我的声

音自然变得温和地说:

"小朋友,"心里犹豫了一下,觉得好像称呼错了似的,"小姐,请你让开一点好不好?"

她赶快站开一边,望着我把东西搬进去。我摆好东西,走出来的时候,她仍旧站在门口,焦虑地望着里边。虽然我友善地对她笑笑,她一点也没注意。我走近她,顺着她的视线往里面看,并问她什么事。

她急切地望了一下我,然后蹲下来,又往里边望。

"你在找什么?"我也跟她蹲下来看。在她还没回答之前,我已经看到在我们床底下有一个皮球,"呃!你是在找皮球?"

她点了点头,没动。

"你进去捡好了。"我说。她还是没动。她带着恳求的目光望着,她的眼睛真美,美得有点叫我不敢多跟她相望。我很自然地说:"来,我来帮你捡。"

我替她钻到床底下,把球捡出来。这时候我才注意到,她穿着平时的衣服,却戴着学校的制服帽子,并且把帽子戴得很深,拉得很紧,前面的帽檐都快压到眉毛。我又一次惊叹,她实在是一个很美的小女孩子。她看到我拿着她的球走近的时候,不但不像小孩子急着伸手要球，反而显得有点畏缩。只是两眼盯着我手上的球，好像怕我不还她。

"你能不能留在这里一下子，替我看房子。"我手中的球还没递给她。她很不安地望着我手里的球。我说："不要很久。"说完同时把球给了她。

她接过球羞怯地什么都没说，低着头慢慢转身就跑了。我目送她几步，心想林再发等久了，我加快了脚步也走了。

林再发看我走出拐角，他远远地就抱起箱子走过来，这是我们讲好了的，只有这样才能照顾到东西。当我跟他擦身走过的时候，我可以感到他对我搬东西搬得慢而不高兴。

但是，轮到我抱东西跟他空手走回来跟我擦身时，他却变得兴奋地告诉我说：

"哟！我们门口有一个小女孩子长得好漂亮。"

"她还在那里？"

"你看过了？"

"嗯！"我笑了笑，继续搬东西走了。

我们的懊恼，由于小琪的出现，而变得很愉快。林再发也跟我一样，似乎我们都同时直觉到，小琪是一只容易受到惊扰的小鸟。为了珍惜她出现,在一来一往地搬东西之间,我们不敢多问她什么。她也一直没有回答和说话。

当我们搬完了东西,我禁不住感激她,问了她几次名字,她始终忸怩不回答。

"我们搬好了,谢谢你。"我说。

她转身走了。

林再发说:"我们应该给她一点什么。"

我也正歉疚地想这问题。我叫住了她。我跑进去打开我的行李包,掏出一枚半圆形的贝壳。那是我在澎湖服役时,在海滩上捡的,我经过一段很长的时间,在贝壳上面,细心地雕了简单的弥勒佛像,手艺虽差,我却十分喜欢。我走到哪里,始终都带在身边的。我把这一枚心爱的贝壳拿给她。她先望了一下,才伸手接过去。但没看到她为这件礼物惊喜的我,心里有点失望。我像想挽回一点什么,认真而热忱地说:

"你仔细想想,贝壳上面有笑眯眯的大肚子的弥勒佛像呢。"她仍在冷冷端详间,我又指着贝壳上的图案说:"这个是肚脐眼,我太用力了,把它钻成一个大洞。"我接过贝壳移近一只眼睛:"从这个肚脐眼可以看到你。"

她终于笑了。

"给你。"

她很高兴地拿了贝壳回去了。

接着,第二天我们也看到她了。

早上起来,把门一打开,外面有很多学生都在赶着去上学。我醒来时林再发已经不在,我弯了腰换鞋子,想出去找林再发的时候,小琪突然跑进来,把贝壳搁在桌上,转身又跑出去了。她快得要不是看到桌上的贝壳,我还不知道是谁呢。我站起来,穿一只皮鞋,拖一只拖鞋,跟着跑到门口。我看到一个小学生,一直朝前跑。我只能凭一点联想,确定她就是小琪。当那个小背影消失之后,我很失望,并且莫名地伤心坐在床沿望着桌上的贝壳,一方面抑制着几次想抓起贝壳摔地的冲动。这时,产生抑制冲动的力量,让我冷静地看到懊丧的自己。当然,这绝不是爱情上的挫折。把这件小女孩子的事,扯到爱情两个字上,即使是否定的,也一时令我禁不住地笑了。我不清楚这是冷静的一面在笑呢,或是冲动的一面的苦笑?忧闷了一会儿,隐怒总算找了一个焦点。我认为我是被误会了,被小琪的家人,或是其他人。所以我的不快乐,就是因为这个误会。

但是,我又细想一想,也不全是,还有一点微妙的心理,总觉得应该小心地把这种情感归类。我左思右想,始终无法从感觉把这种感情用言语带出来,我就是这么喜欢以苦思来虐待自己的人。林再发进了门,还以为我在生他的气。他小心地说:

"我出去看看环境,我还没吃。走吧,那里有一家豆浆店。"他说完,同时看到桌上的贝壳。他拿在手里一边看,一边说:"那个女孩子拿来还你了?"停一停,"是她的家人?"他惊异地望着我。

我站起来,笑了笑。"走吧。豆浆店在哪里?"

第三天,我们又看到她,那是跟第二天差不多同一个时间的早上,我跟林再发一起出去喝豆浆时,在门口又碰到她。我还来不及想怎么叫住她的时候,她却惊慌地跑了。

对这件事我一直很懊恼。

"你不要烧饼和油条?"林再发问。

"不要。我来一碗豆浆就好。"

"早上不吃怎么可以呢?"

我摇摇头。

"给我们一套烧饼油条,两碗甜豆浆,一碗不加蛋,一碗加蛋——"林再发向店里的伙计叫。然后对我说:

"加蛋的给你,够不够?"

"可以了。"

我们沉默了一阵子。最后林再发带着想避免我的误会的笑容说:

"王武雄,我说了你不要生气,你还是很像小孩,像小孩那么单纯。你是个好人,有没有人跟你这么说过?"

我也笑起来了。

"好人?那个小女孩子就把我当成坏人,所以一看到我就惊慌地跑。"我停了一停,"唉!不要谈这些了,谈谈我们宝田牌的快锅好了。"

"哟!哟!"他笑着说:"我的好兄弟,你到现在还不知道,你要推销的快锅是什么牌子?武田牌——不是宝田。是武田——"

我为我的糊涂大笑起来,他也放声笑在一块儿。好多旁边来喝豆浆的人,也都莫名其妙地望着我们。

"现在想不想来一套烧饼油条?"他问。

"那你加一个蛋。"

第四天,我们没看到那个小女孩子。我也不再想她了。

第五天,我们恰好提早回来,我们到家不久,两个人累得躺下来休息。这时候正是小学下午放学回家。我跟林再发谈话,突然看到门口有人影晃动,首先并没去理它,后来又有好几次,才引我坐了起来。两个小学生的影子,看到我坐起来,很快地又跑掉。

"是两个小孩子。"我跟林再发说着,走了出去。

"我也看到了。"

走到门口,我看到她跟一个同学躲在门外,她半蹲地躲在同学的背后,两个人痴痴地笑着。

"什么事?"我笑着说。

她仍然笑着。跟她一起来的同学,回过身急着催她说:"快讲嘛!快讲嘛!"她挺起身体,羞怯地说:

"我爸爸叫我不要随便拿别人的东西。"

"噢!"我一时也不知说什么好,我愣了一下子说:"你是听话的乖小孩。"

"她说,"跟她来的小女孩子说,"要看贝壳。"

"是你,是你说要看的。"她争辩着说。

我很快地拿出贝壳给她们。那位跟她来的同学,接到贝壳,看了图案就爆出笑声,她也跟着笑着说:

"你看,我没骗你吧。"

"你们在笑什么?"我明知道她们在笑弥勒佛的肚脐眼,我故意这么问。

"不要讲!"她叫起来了。她的同学笑得更开心。

"你叫什么名字?"我很狡猾地有意先问别人。因为第一次见面,问不出她的名字。

"张彩云。"

"你呢?"我转向她问。她没回答。于是我就问张彩云。可是在她说出"不要讲"之前,她的同学说了:"李小琪。"

"张彩云鸡婆①!"

就这样,到这一天我才知道她的名字。

后来我们几乎每天都会碰一次面,并且对我也不惊慌了。由于我们的工作,也没什么时间跟她闲聊,大部分碰面的机会,都是她去上学的时候比较多。

有一天晚上,我知道林再发这个人也细得蛮能了解

---

① 鸡婆:闽南方言中,泛指那些好管闲事多嘴的人。

我，所以我不以为我在冒险，就对他说：

"奇怪，我觉得我很喜欢看到李小琪。但是看了她高兴的时候，还在心里隐隐作痛，觉得她有点惨。"

"什么惨？"

"悲惨。"我望着他说，"我不知道你能不能了解这一点感觉。"

"我想，"真的像在想那样，他说，"我想我可以了解。并且我也感觉到那一点。"

"对吧！"我低沉地说，"我今天没看到她，心里很不安。好像觉得她已经发生了什么惨事。"

"别胡思乱想了。"林再发笑着说。

隔日，我们又在门口望见了。她穿着制服，戴着帽子，背着大包的书包走过。我叫：

"李小琪——你昨天到哪里去了？"

"去献花——"她远远地回答我。

奇怪的是，我很清楚地发现，自己一下子就愉快起来了。而令我自己惊讶的是，好像我过去几天的情绪，多少还被小琪的出现与否牵连着。难怪林再发会跟我开玩笑，说我是十年计划啦。

一些事情愈想愈有精神，我觉得一点睡意都没有了。看看林再发，他还趴在桌子上滴滴答答地、握着原子笔用力地不知在写什么。我看时间已经十一点多了，再怎么不想睡都得强迫睡觉了。这几天我们分头跑，比两个人一道儿跑累多了。并且我们明天还有新计划，更需花费精神。

"喂！主任，我们该睡了吧。"

"快了，再一点点。"他抬起头望我，"你还没睡？那正好，我们来把明天的工作预习一下。这是我写给公司的报告，你听着，如果有问题马上告诉我。"

"你说吧。"我躺着听他念。

他看着他的报表，像流水那样地念着：

"……我们想用行动代替口舌，我们想拿出事实代替雄辩。所以我们要改变过去的推销方法，聚集一些家庭主妇，当场表演高压锅的效率给她们看。让她们看到十分钟烧出一锅香喷喷的饭，二十分钟炖烂猪脚……"

我觉得林再发念得很有趣，禁不住咯咯地笑了。

"有什么问题吗？"他停下来问我。

"再念下去。很好，没有问题。"

他在报表上找了一下，又接下去念。

"……借用人家的大庭，约可容纳二十个人左右。

借用人家的大庭,给一点租金,约五十元。……用高压锅烧好的饭菜,当场请客……"

"等一下。"我插嘴说,"我们花的钱要公司付。"

"有,那在后面。"他继续念,一直念到预算的时候,还特别提醒我:"注意了,现在就要说到预算了。米二十元,猪脚四十元,场地租金五十元,调味品十元。共一百二十元。但分成两组进行,所以要两百四十元。此计划,只限星期天。大概就是这样,你有没有意见?"

"米和猪脚还不够。你上午表演完了。下午的呢?"

"对!米和猪脚的钱加倍,场地也要换啊!所以场地也要加倍。"

"哇!那要四百八十元,我们公司会肯吗?"我问。

"不管,我们明天试一次。不肯以后不干算了,我们是为公司好哪!"

"好吧。睡了,睡了。明天还得到市场买东西。"

"好,你先睡。我还有一点点没写完。"

隔日我们都起得很早，猪脚也买回来了。我们分别把自己要用的猪脚毛拔干净。当林再发弄好两只猪脚的时候，我手里的一只还没弄好。他想帮助我，我说不用了，还叫他先出去。我仍然蹲在门口拔毛。

"王武雄，我走了。"他在门外叫。

我猛一抬头，看到他车把上还挂了两只猪脚，觉得很滑稽。他望着我笑笑。突然又说："看今天了！"

听这句话的当时，我感到有点严肃。我挥一挥手，他就走了。我实在很厌烦手上这种琐碎的工作，但是想一想也不无觉得好笑。这是我生平第一次哪。同样的一件工作，有时候同时令人厌烦，也令人觉得好笑，尽管我怀着对新奇的经验的兴趣工作，然而心里面逐渐抵不住厌烦的沉闷情绪的高涨。我一边拔毛，一边心里害怕以后还会做这样的事。我想以后要炖东西，我才不用猪脚，也不管林再发反对用牛肉。他说牛肉贵得多，并且台湾有些小地方吃牛肉是犯忌。当时我提议炖牛肉，倒不是事先就发现猪脚的麻烦。手里最后的一只猪脚，只剩下半截就弄干净了。但是这半截似乎永远也弄不完似的，那么难耐。拔一根算一根，眼睛都快花了。另一方面，大概我气这样无聊的工作，所以每拔一根都很用力，捏着夹子的手指头也酸痛起来。我把猪脚搁在一边，先抽一根烟再说。我挺起腰身的时候，很自然地看到小琪站在巷子对面。我怀疑她是在等人。她装得像在等人的样子，往巷子两头看看。

"小琪——"我愉快地叫她，她向我笑笑。"你来。"

她走过来了。她还是跟过去一样，不大敢看人。所以她一下子就把眼睛盯在地上的猪脚上。

"你在等谁？"我问。

她摇摇头。眼睛看了我一下，很快又回到猪脚。

"你会不会拔猪毛？"

她望着我笑笑，很快地又把视线闪开。

"我拔得手指头好酸。你帮我拔一拔好不好？"

她很谨慎地双手把裙裾拉直，同时蹲下来的时候，就把膝盖缩到里面，只露出两只穿了塑料拖鞋的脚盘来，她的仪态显得十分端正，她默默地拿起猪脚，动起夹子一根一根地拔。其实她拔得没有我快，只是她做起来很心平气和。我在旁一边抽烟，一边随便跟她说话，差不多都是我说，偶尔她才回答我一两句。

"等我抽完这根烟，剩下来的就由我拔好了。"

我说。在这之间，我又注意到她的帽子来了。这天是星期日，她没穿制服，头上却戴着制服帽子，跟我来到小镇的第一天看到她是一样。她把帽子戴得很深，拉得很紧，帽檐低低地压着眉毛。我想她如果不戴帽子一定更好看。我心里那么想着，手不自觉也跟着做了。不要说她，这个举动似乎连我也没注意，我一下子就把她的帽子摘下来了。就在这很短的瞬间，发生了很大的剧变，我差点昏厥过去。我看到几乎只剩头盖骨的东西。我一直弄不大清楚。我只记得小琪发出一声吓人的惨叫，同时凶猛地扑过来抢走她的帽子，连戴都来不及地，用手把帽子压在头上，哭着跑回去。那哭声惨得叫人害怕。我随后跑到门外的巷子，叫了她几声。但是她越跑越快地消失在拐弯的地方。巷子里有几个人跑出来看了一下。我顾不了他们会对我产生任何误会，我口里喊着小琪，又跑了几步。这时却给心里的一个念头打住了脚。我想，现在小琪是多么地怕我，她听到我的叫声跑得更快更慌张，要是我追到她面前——一定叫她怕坏了的。可是由于我的冒失鲁莽，使她那么伤心，我不能不闻不问啊！我在那儿茫然地站了一会儿，终于鼓起最大的勇气，准备接受任何可能发生的事，决定去找小琪道歉。

我才沉重地划出两步，实时从心底里冒出一股冷劲，令我陷入极端的不安。我想，倘若小琪不怕见我，小琪诚恳地能接受我的道歉，我自己也没有勇气见她了。其实我也不是怕小琪或是她的爸爸不能平静而诚恳地接受我的道歉，反而他们能动意气咒骂我，或是她爸爸能给我几个老拳，才能叫我心安。但是很显然地，留存在我心底里面的问题，倒不是过失的抵偿问题了。我知道我的心是这样，小琪说不出所以然，深信她的心也是如此的吧。问题是我无意间，失手碰坏了一件完美的东西，而无法挽救的了。

　　我回到屋子里，一进门就看到那两只猪脚，一只在报纸上，一只在报纸外面的地上，一时又把我的心拉回到活生生的社会的现实世界来。我知道，我是无法面对小琪了，所以我只好离开这个小镇。也好，我也可以摆脱推销压力快锅的工作。这时候，我才知道，我对这件工作，一直是厌恶的，尤其是这个时候。可怕的是，我居然一直厌恶这样的工作，我竟工作了两个星期，要不是今天发生了这样的事情，恐怕我还会干下去。说不定这次的表演贩卖的成功，还会变成我一生中，很重要的工作。我把身体瘫倒在林再发的下铺床，胡思乱想着；这时也很清楚地意识到，林再发对我也有很大的影响力。要是换另外一个人跟我一起工作，我相信，我对这件工作的厌恶，老早就表面化了，也老早就挥手不干了。不过，今天林再发再也影响不了我了，对这件工作，世界上没有任何人可以改变我的态度了。我一定不干了，我就要离开这里，林再发一定会很伤心，有什么办法。

　　我觉得我没有力气爬起来，也不想爬起来。脑子里杂乱而翻转得很快，想了好多好多的事情，但是始终忘不了小琪的那种样子，她的脸，她的眼睛，她的帽子，还有，还有五颜六色结成疤的头盖骨。每想到这些，我就痛苦地翻了一下身。我什么都准备好了，准备等林再发回来，准备不干，准备离开这个小镇，更近的是准备面对怒气冲天的小琪的爸爸，就是那一天我看到小琪跟他走的那一位军人。我心里盘算着为女儿问罪的父亲，理该在这房子里出现的时间。我很渴望这一切，不管怎么难堪，怎么痛苦，都得快过去。我绝没有逃避的意思。在这样的心情之下，时间走得特别慢。总算挨过半个小时了。我不知道小琪住在哪里，但是在这小镇，最远的地方来往半个小时也足够了。差不多这个时候，他们应该来了。我心里莫名地紧张。我想,我面对着那位军人,我能说什么?我能做什么?最多只能说,我是无意的。对不起,对不起。说不定什么都说不出来。外面只要有路人晃动,我就把神经绷得紧紧的。我想他们再不赶快出现,单单被这些巷子的路人,所引起的紧张,我就即将崩溃。

呀!来了!我从心底里暗暗叫起来。我赶紧坐起身,准备再站起来。这时我才在逆光中,弄清楚是送信来的邮差。他在门外丢进一封信,骑在脚踏车上,划着双脚到隔壁去了。我拾起地上的信,这又是林再发的信。对于信,我一点也不存任何希望。两个礼拜,前天我才给家里一封信,说一切还好,工作算顺利。现在却变成我跟家人撒了天大的谎。至于那些数电线杆的朋友,我没写信给他们。他们自然没有我的地址,有了地址也不一定写信,我知道。像林再发的太太这么勤于写信的人,我想不多。差不多,两天就有一封信。但是,今天的信是限时的。我仔细一看,封口只封了一半。我把信放在桌上,本想走到门口向外探望一下,心里却害怕在门口撞见他们。我又回到床上躺着。想到晚上跟林再发见面,说我要离开时,林再发一定很难过。这对他实在是一件重大的打击。他今早出门时，还说："看今天了！"当然是指我们的工作说的。他做梦也想不到，所谓的"看今天了"，还有巧合的弦外之音。我的精神越来越紧张，后来变得我无法躺下来。我在屋子里踱着方步。因为左右没有空间，只好前后踱步。踱进来的时候还好，往门口踱出去的时候就显得紧张。又过了半个小时，不见他们来。在屋子里来回走动之间，我的视线常常落在桌子上林再发的那封信，那贴在邮票边的限时专送的红纸条特别醒眼。什么事情寄限时信？我这么想。我把信拿起来看看，又丢回去。时间越来越叫我不能等。

我想自己主动地去让必须经过的事情，全都让它赶快成为过去。我想先出去找林再发，顺便把信转给他。我穿好鞋子，把信放在口袋，突然心里又想：如果我出去的时候，他们来了找不到我，这岂不叫他们引起更大的误会吗？在他们的心目中，我又变成一个懦夫。经过这一犹豫，我又不敢出去。我感到非常疲倦。我又跟原先一样，瘫倒地躺在床铺上，觉得整个人一点一点地在窒息着。

奇怪的是，不知是内心里面，自动地转移注意力，去冲淡对原来过分紧张的事情,我竟然对别人的信发生兴趣。我从口袋里掏出林再发的信,对着那只封闭一半的封口发愣。林再发平时毫不保留地说他太太,把美丽每封来信的内容,都不厌其详地告诉我。

这种态度的鼓励,让我小心地把那封闭一半的封口,慢慢地撕开,准备看完信,再把它封好。我把信展开了。

再发:

  我好害怕。本来不想告诉你的,但是我考虑了很久,我想还是告诉你才对。昨天我从美容院下班,不小心在路上跌了一跤。回到家里,我发现下部出血了。我赶到医院打针。医生说,没有发现什么不好的现象。如果明天再出血,再去找他。今天早上起来,也不觉得肚子有什么不一样,昨晚也没痛,但是下部还有一点血。我好害怕,我要去看医生去。我知道你跟我一样,我们是多么盼望,下个月能生出一个宝宝来。再发,你才接这一件工作不久,不便请假回来。但是我心里一直很害怕,我很需要你回来一趟。请原谅我无理的要求。你不是说跟你一起工作的王先生对你很好吗？就请他代你辛苦两天。我们以后再报答他好了。也代我谢谢他。祝你平安！

×月×日　你的美丽上

天哪！看完了信，我自言自语地叫起来。看了这封信之后，我更加坐立不安。我想为这封信去找林再发，但又怕小琪的家人来问罪落了空。不去嘛，好像很对不起林再发他们一家人。我又拿出美丽的信来看，斟酌着里面所吐露的事态，再做些决定。信里面有一句叫我比较安心，也是我能拿来安慰林再发的："今天早上起来，也不觉得肚子有什么不一样，昨晚也没痛。"我想林太太的心情，比实际的情形严重。所以我还是坚持下来，留在这里等小琪的父亲来问罪。左等右等，也有两个小时了，怎么还不来？说不定她父亲在岗位上，一下子不能来。另一方面，我根据那封信的判断，如果是过于乐观的话，会不会耽误了大事？我后悔看人家的信，什么都不知道，什么都让其自然发展。然而我看了人家的信，也就不能当作没看那样泰然自若。我又想去见林再发，一方面又顾虑自己小题大做，还让一个好朋友，对自己偶发的冲动，把他心目中的人格大打了折扣？这一切的一切，都是我紧紧牵挂在心的事。我不知道我怎么做才好，拿不定主意拖着时间，实在是一件很恐怖的事。

我想起抽烟。躺在床上，一根接一根地抽。突然，一个穿军服戴军帽的人走进来了，虽然对着门外逆光看，但我看得很清楚，我慌得跳起来。当他再走近一步的时候，我才看清楚，他是一位警察。我暗地里恼怒着这样的事，也弄到劳驾警察来。

"你就是王武雄吗？"警察看着一张片子。

"我……我就是王武雄。"我心里害怕着。

"林再发是你们的主任？"

"是。有什么事？"

"唉！"他叹了一口气，"事情可大啰。"

我为自己捏一把汗，等着他再说下去。我只能在心里叫上天保佑。

"林再发上午在民乐里的一个老百姓家，试验快锅给好多个妇女看。结果快锅大爆炸了。炸死三个人，好多个人轻重伤……"

"林再发呢?"我急切地问。

"恐怕也很危险。脖子里插了一块破片,眼睛是瞎了。唉!"他又叹了一口气。

"现在人呢?"我强支持自己②。

"都在县立医院。等一下你要跟我到医院和局里去一下。"

"现在就走好不好?"

"你们的快锅在哪里?"

我指着后面堆成一堵墙的纸箱说:

"这些都是。"

"好。我们暂时要把这些东西封起来。"他打开公文包,翻了一下封条,又望望纸箱,"有这么多啊!封条不够咧。"

"我告诉你,连地上这一只,这里一共有九十九只。你写一张条子,我来签名好不好?我急着要去看林再发。"

"也好。"他拿起一张纸出来写。

我却拿着美丽写来给他的信,一直为她着急。又想

---

② 强支持自己:闽南语的表达方式,意思是"努力地支撑自己"。

到自己，就在一个上午，短短的时间里，竟发生了这么多的事，实在也很难叫人相信，也不能不相信。天哪！天哪！我在心里一直这么呼喊着。

我签好字条，坐在警察先生的摩托车背后，往邻镇的县立医院的途中，我才禁不住簌簌掉起眼泪来。又想到再发早上临出门的时候，还回过头说："看今天了。"我想是的，真的是看今天了。今天是什么鬼日子啊！

到了医院的大门口，警察先生去存车子，我站在那里，趁这时候心里做些准备。但是，我临时发觉我缺乏勇气走进去。我看到警察先生远远地来了。我害怕必须跟他走进去。这之间我又想到美丽的信，我手放进口袋里把信掏出来握在手里。这时有一个很短暂而坚决的念头在我脑子闪现了。要是林再发死了，我就跟美丽结婚。我知道这在一般人看来是很荒唐，说不定还被视为卑鄙。我不管，要是林再发死了，美丽，还有那个小孩怎么办？我要尽我的努力，让美丽相信我，嫁给我。想到这里我泪流得更厉害。警察先生走近我说：

"我们进去吧！"

我默默地随在他后头,但是我变得什么都不怕了。

原载一九七五年一月《中外文学》第三卷第八期

我爱玛莉

"你爱我,还是爱狗?"

一、名正言顺

大卫·陈，他原来的中文名字叫陈顺德。因为在台北的外国机关工作，需要一个洋名字，所以才叫大卫·陈。本来这洋名字是取来让洋人好叫唤的，哪知道后来认识他的朋友，还有太太都直呼他大卫了。但是这里的所谓大卫，在洋人和懂一点洋文的中国朋友叫起来，只有David一个洋字，这当然是正宗的洋文发音，另外还有其他的中国朋友叫他，却是两个中文字的发音，清清楚楚地叫他"dawei"，就是大卫这两个字。其实叫大卫时，管他是用正宗的洋文叫，或是中文的译音叫也罢，他的反应一向是灵敏的。然而偶尔有人连名带姓称呼他陈顺德先生，或是亲呼他顺德时，他的反应就稍迟钝些了。通常第一声是听不见，第二声的时候，他会在心里想一下，第三声，他会因厌烦而焦急，但仍然装着似乎听不见。这时候，如果叫他的人没有耐心和信心叫他第四声的话，除非拍他肩膀，否则不容易要他回过头来。总而言之，他听到有人叫他原来的中文名字的时候，他的反应是先在脑子里打打转。从这个反应看，也不能说他是厌恶自己的中文名字，有很多次，有人叫他中文名字，他最后还是应声回过头，尴尬地对人说：

"噢！对不起！对不起，是你叫我啊！你一定叫我好几声了吧？唉！我左边的耳朵有毛病，听不见，小时候被老师打聋了。外国人向来就不体罚学生。"

不过，有时候他也会不愉快地说：

"我怎么知道你在叫我，叫陈顺德的人实在太多了，烦死。好久都没人叫我陈顺德，叫我大卫。"当然叫他中文名字会令他这般的不愉快，那得要看叫他的是哪一个人，在他的心目中是属于哪一类的人啰。

从用洋名字和中文名字叫他，而反应却有那么显著的差别，这可证明四年来，他在洋机关里面，是多么地用心，使大卫·陈从陈顺德脱胎换骨出来，同时着实地扎根在他的工作环境了。洋老板是最喜欢用这样的人了。这种喜欢并不是人与人之间的感情关系，而是对当地的洋务推展上，有多角性的利用价值在。然而，大卫·陈这一边,却始终把这种关系,当作他和洋老板之间的情谊,这样的想法,已经变成他全副精神的支点,一点点也移动不得的。

另外,从大卫·陈的外形来看,他是一个消化型的人:能吃能睡,以他的年纪而言,稍嫌发福得早了一点。这种消化型的人,有一种个性上的特征,对刻薄的上司百依百顺,颇有逆来顺受的韧功夫。要不然在洋机关做事,尤其在他的顶头上司像卫门这种趾高气扬的洋人底下工作,不是早就被炒鱿鱼,就是自己熬不下去。可是,要是他看不顺眼,他不高兴的,反过来别人对他怎么逆来顺受,也是无法从他那里得到什么好处。

总而言之,能在卫门这等的洋人之下,工作好几年,还会发胖,那是相当不简单的事。

他不但如此,看他的神情模样,煞像是攀缠在一棵大树的葛藤,沐浴在春晖中欣欣向荣。他的确很满足他的现状。闲暇时,除了在他的工作地方,他最喜欢的休息姿势,就是把人瘫在沙发椅上,双脚往高一搁,肥嫩嫩的双手放在开始具有一点规模的肚皮上,随着均匀而略带急促的呼吸起伏。有时借着咖啡馆的落地太阳玻璃窗,看看自己这般地舒展着,同时也似乎看到了自己一幅大好的远景。

不知道从哪一天开始的,大卫这个洋名字,被一些朋友移花接木,改叫他为大胃了。这一点可以从几个朋友留给他的纸条,抬头称他大胃即可证明。

那些惯用正宗洋文叫他的朋友,也都叫他大胃了。好在大卫与大胃的声音,在中文完全一样。这种名字的转化,曾经令他感到若有所失似的,哪知道,不多久竟然连他的洋老板卫门先生,也用中文发音叫唤他大胃了。这一下,他想一想,大乐起来。这岂不等于塞翁失马?刚开始那一阵子,他逢人就笑着说:

"我的洋老板也叫我大胃咧!嘿,真是太巧了!"说时眼睛眯成一条线。他心想洋老板跟他的关系,已不同往日,而是更往深一层发展了。于是乎,当他知道卫门先生即将被调回美国的时候,他就死赖活赖缠着卫门和卫门太太,要他们把玛莉留下来给他。开始那几天,人家实在嫌他烦,他也察觉到了。但是他心里想:他都叫我大胃了,还怕什么?多求几遍,他们一定会把玛莉给我的。经他这么一想,勇气又来了。他觉得相当名正言顺。

二、美国式的生活

　　大胃花了四千元，弄到一幅白石翁的残荷临摹，好容易才从和平东路的裱褙店，急急忙忙地开车赶到天母。路过中山北路，每快到十字路口，心里就祷告，自言自语地说："拜托绿灯，拜托绿灯……"但是每处红绿灯都挨他咒骂。因为差不多每一个路口，他都被红灯阻拦了。车子开到卫门家的巷口，他再看了看表才松了一口气。三点四十八分，距离相约造访的时间，还早了十二分钟。

　　面对十二分钟的时间，大胃自然会小心处理。在洋机关工作所得到的经验，对洋人的时间观念，已经深深地领教过了。特别是像卫门这样的洋人，他对时间的安排、运用和要求，几个在他底下工作的中国人，都懂得需要特别谨慎。早到和迟到，在卫门而言，统统都算不守时。大胃他们最熟悉卫门的时间管理学了。他要求任何工作在时间的在线，应该像流水那样通畅顺溜。他说这不仅仅只是讲究效率，也是一种职业道德，更是一种工作艺术。他一再强调任何工作都能把握这一个原则，工作即是一种享受，工作本身即是乐趣。他很得意，自认这是一种哲学。在经验中,每当大胃他们一有不守时,或是工作不能如期完成,事不关大小,卫门总是不放过机会,重弹他的哲学。同时他责骂个人不说,连带的:

"我不否认中国人有五千年的历史,有五千年的时间,但是五千年的宝贵时间,就像你们这样浪费掉了。能把握时间的话,不要五千年,也不要五百年,两百年足够了。我想我也跟你们一样糟糕,一样糟蹋时间,如果你们仍旧再犯老毛病的话。"

像这样的洋官腔可挨多了。不过难过的是,有一次几个中国人同事,为了类似侮辱我们国家的言语,大家联合起来要卫门道歉,大胃却站在一边独善其身,最后害得其他人不能不写辞呈走路。经过这件事以后,在工作上给大胃很大的压力,第一他怕集体挨洋官腔,第二怕新来的同事又来一次联合抗议。因此对时间的谨慎,再小心也没有了。

车子开到卫门家的巷口,面对十二分钟的时间,他没让车子停下来,相反地多踩一点油门,车子一闪就滑过巷口,随即把斜视卫门家的视线,收回正前方,心里瞬息之间,也因为没望见卫门他们而感到轻松。想想刚刚在艺渊斋裱褙店，听老板说还得再等两个小时时，一时急得跳起来跟人家吵了的情形，此刻觉得好笑。天母的洋房一幢一幢地迎过来，大胃深深地吸取新鲜的空气，心底里盘算着，再过一两年，自己也应该在这里弄到一幢房子。他一边想，一边绕了一圈，回到卫门家巷口，赶紧把车子停下来，看看时间，还差四分钟才四点。要是车子继续开过去，再绕一圈一定来不及，停下来抽根烟，比较容易把握。这么一想，才把香烟叨在嘴上，马上又拿下来。他想，要是叫卫门他们看到他早来这里等，这岂不尴尬？他下来把汽车的头盖掀开，半个身子往里面探，这里摸一下，那里摸一下，引擎的热气烤得他难受。他自己心里很清楚，为何这等委曲求全？自觉得窝囊之余，手却无意识地乱动。要不是水箱盖子烫到手，差点就把水箱盖子打开，而引起滚水淋身。想一想，又气又好笑，只好自我解嘲地臭骂一句："中国人就是这样！在洋机关做事，就比在自己人的机关做事都来得守时认真。"

四分钟的时间挨过去了，稍再摸一下，到按门铃可能要两分钟。这正好，迟两分钟可以道道歉，说几句得体的客套话。在卫门底下工作久了，自然就学会了这一套：凡是工作都不要做得太完美，最好故意留一点芝麻大小的缺点，让他挑剔挑剔，然后恭恭敬敬地表示以后改进。这样子对方会觉得很舒服，有时还会听到他的安慰说：

"大胃，其实你做得很好，我之所以要严格地要求，是希望你好、更好。你知道？"

他当然知道。卫门之会这么说，完全是由他导出来的。所以当他听到卫门安慰他时，他频频点头，连忙说：

"我知道，我知道。"

这时卫门认为他的精明没被对方视为挑剔，同时得到谅解和感激，因而无意间会流出一点对大胃的关怀。

大胃这一边，却得意他完全摸透了卫门老板的筋络。这是一种极其微妙的关系，以不伤上司的尊严，满足上司的权威感，同时又可以控制上司的傲气，就算是对上司的一种额外服务，自然而然上司也会服服帖帖地表示，手下大胃的工作令他觉得满意。为了得到这样的预期效果，挨一点洋腔算不了什么，何况这些洋腔是自己操纵出来的，自己愿意把自己怎么着，谁管得了。大胃过去一直都是这么想这么做的。

一切都照计划进行。他站在卫门家的门口,才举起手正要按门铃时,里面大狼狗的声音吠起来了。他吓了一跳,连忙叫着说:

"是我,是我,是大胃。"

狗仍然在里面叫个不停,随后就听到卫门太太的声音叫着说:

"玛莉,好了,好了,不叫,不叫,大胃是你的新主人哪!"她边说边把门打开。门才开了一道缝,狗的鼻尖就露出来,跟着整条身子也钻了出来。大胃看它的来势,给吓得惊叫了一声:"卫门太太——"那一副把手举起来,整个人弯腰往后缩,像是要起飞的模样,叫走出来的卫门太太,忍不住地笑出声说:

"不会,不会怎么样。玛莉过来,玛莉!"

狗虽然被唤回卫门太太的身边,但马上转身又跑到大胃的身边兴奋地嗅个没完,尤其嗅到他的下体部分,竟然停下来深呼吸,害得大胃有气无力地叫着,"玛……玛莉,玛莉。"身体越往后缩,屁股翘得越高,整个人差点瘫软下来,而那个宝贝地方,竟然像结了冰似的发麻。

"玛莉,过来。"她叫着。

"请……请你拉住它好不好？"大胃怕着。

"不会的，不会咬你，你过来摸摸它，轻轻拍拍它就好了。它只是想认识你。玛莉是不是？嗯，好玛莉。"卫门太太蹲下来搂着狗亲亲。

卫门太太这么说，也做了样让他看，大胃不好意思不做。他慢慢地过去，学她轻轻拍着狗，口里怯生生地轻唤着玛莉，那样子似乎是随时准备跳起来惊叫。玛莉摇着尾巴不叫了。大胃刚刚吓飞了的魂魄，也逐一地飞回来。

"看，现在不就好了吗？你不必怕它。"她站起来，"到里面坐，吉姆在冲澡，一下子就出来。"

"啊，对不起，我来得不是时候。"

"没有，我们知道你四点钟会来。你坐一下，我去倒一点什么给你？"

"不用，不用麻烦了。"

"你请坐。"卫门太太看他落了座说，"茶、咖啡或是可乐？"

其实这样招待访客是一件很普通、很自然的事。但是大胃却受宠若惊，有点受不起，心里慌得不知怎么才好。他觉得卫门太太对他太客气，太好了。才坐下去，一下子又站起来说："不用,不用客气了。"

"好的,我一定要给你一样。你说什么好?"卫门太太觉得很别扭,她勉强笑着说,一方面要他知道这不算什么,一方面用笑来冲淡语气。

"请……请给我咖啡好了。"

"咖啡比较贵哟。"卫门太太突然觉得大胃的这种别扭好玩起来,所以这么向他开起玩笑。

"哦,那么茶好了。"

卫门太太禁不住笑了。她说:

"我们的卡特总统也叫我们多喝茶。没关系,你是贵宾,还是喝咖啡吧。加不加糖?"

"不加,不加。谢谢,谢谢。"他仍然觉得卫门太太对他太客气了,他太麻烦人家了,因此就这么说。其实他喝咖啡不但加糖,还加得比一般人多,他的牙蛀了好多颗,就是因为爱吃甜来的。

"我想你在发胖,最好不多吃糖。你坐一下,多跟玛莉玩一玩,拍拍它,摸摸它,一会儿就熟了。"说着转身向里面走,才过了屏风,她眼睛一翻,深深吐了一口气,像是一下子轻松起来。

玛莉才尾随女主人进去,一转身又回到客厅。大胃轻唤玛莉一声,玛莉轻快地走近他,并且乖乖地让他抚摸。玛莉的鼻尖动不动就往大胃的腿缝钻,害得他不能不学大小姐的坐态,把两个膝盖靠得紧紧地斜放在一边。他不一会儿就已经跟玛莉混熟了。他捧着它不安的头,一手指着它的鼻子,还不忘记用英文小声地说:"你这狗鼻子,你这狗鼻子。"说着自己却笑了起来。

在里面,卫门太太把装了冷水的水壶放在炉上之后,到洗澡间,小声地告诉卫门说:"快点好不好,我真不喜欢那个人。"

卫门哈哈地笑了起来,并且说:"但是他是一个好人啊。"

"管他是什么,我不喜欢嘛,快。"她走回厨房,半途又叫了一声:"吉姆——求你。"

"好了,好了。"说着水龙头也关掉了。

在客厅,大胃跟玛莉玩着,他一边想它从此就是属于他的了,以后假日出门,还可以用车子载它出去的生活,使得他心里好得意。想着想着,抚摸玛莉的头,不但不害怕,还带着感情,这下玛莉显得舒服极了,它侧卧下来,松弛了全身的肌肉,任凭大胃爱怎么摸就怎么摸。

卫门一边说话，一边从里面走出来，"天气太热了，冲个凉让你久等了。"

大胃赶紧站起来说：

"没有。我才到。"玛莉跟着大胃跳起来，很快地跑过去跟卫门亲亲。

这时，大胃心想是不是就把画拿出来？但是这是给卫门太太的，应该等她在场拿出来比较恰当。他缩回放在装画的纸盒上的手，心里莫名其妙地有点不安。

"今天就把玛莉带走？"

"都可以。"他不好意思地笑笑。

"没问题，我太太已经想通了。"卫门拍拍玛莉，"玛莉，大胃是你的新主人呵，知道？"

"玛莉，到这里来。"大胃小声地叫。没想到玛莉一下子就跑过来。

"哟，它听你的。"

玛莉一跑过来大胃这边，趁他一不注意，又把鼻尖往他的双腿中间钻进去，这时卫门太太正好送上咖啡，大胃很快地用力一推，双腿咔嚓一夹，膝盖骨重重地碰了玛莉的头。"啊！对不起，对不起，非常对不起。"他上前抱住往后退缩的玛莉，频频赔不是。因为过分在意主人的关系,显得有些紧张,反而也叫卫门他们觉得不好意思。卫门太太很不喜欢地望一望卫门,卫门只好耸耸肩笑一笑。

"没关系,狗的头很硬。"卫门说着,看太太把咖啡放下来,又说:"来!用你的咖啡吧。"

"噢!非常感谢!谢谢!"这一下大胃可真慌忙,赔不是未了,人家又送上咖啡,又要说谢谢,还得再赔不是。"呀!真对不起,对不起……"

"你应该看看你的膝盖,看看有没有碰坏?如果碰坏了,该说对不起的是我们呐。"

经卫门这么幽默一下,大家才真正地开怀,一场小小的尴尬也化了。

回头,大胃觉得该献出画的时候了,趁笑声未完,他从身边拿出纸盒子,对卫门太太说:

"这是送你的,不知道合不合你的意?"

"呀!你又送东西。这是什么?可不可以现在就打开?"卫门太太似乎从大胃来到现在,第一次着实地现出喜悦。

"你老是送我太太东西,都不送我啊。"卫门笑着说。

还好,要不是卫门太太抢着说话,大胃又要难堪紧张了。卫门太太说:

"不要吵,你这种人最爱开玩笑了。"

"看!送她东西还是有用的,她替你说话了。"

"不要理他。"她看着大胃说,"我打开了?"

"请便。但是——"大胃还没说完,卫门太太打住他的话说:

"你不要说,让我来猜猜看。"

"大胃,你可要学啊,女人最喜欢惊喜,同样的东西,带着惊喜的,那价值可不一样。"

卫门太太没理他们,把长纸盒子转了转,摇一摇,故作费力地猜想,其实,她看了盒子,早就知道那是装国画的,她正要回国,很希望能带几张好一点的国画回去,现在手里拿的正是她想要的,好坏不谈,她先欢喜一半,顺着心里的欢喜叫着说:"我猜这是一张中国画,对不对?"

"正是一张中国画。"大胃点着头跟人家高兴。

"你看,我猜中了。"她向卫门说。

"卫门太太,你还能猜到是谁的画,并且还能猜到画是什么。"大胃说。

"很可能,她是我们住在台北的外国人里面的中国通啊。"

本来听了大胃的话心花就怒放了,再听先生这么一褒扬,她更高兴了:"我真的可以猜到?"

"要是我的记忆没有错的话,你一定可以猜到这一位画家。"大胃加强她的信心说。

"真的?我喜欢这一位画家?"她高兴得眼睛睁得好大,然后很用心地想着说:"我喜欢的中国画家?"

"大胃可真厉害,我都不知道我太太喜欢哪一位画家,你却知道。"卫门打趣地说。

"吉姆——你安静一点,让我想一想嘛!"

"好,我安静。不过让我再向大胃抗议一件事。"卫门笑着说,"大胃,你刚才不应该说她知道,等一下她猜不出来,又要怪我了。好了,不吵了,我要进去拿啤酒……"

"等一等,"卫门太太叫了一声,"等我猜出来再离开,不然我猜出来了,你还以为是大胃偷偷告诉我的。"

"完蛋了。她猜不出来,我啤酒也不能喝了。"

"跟你开玩笑的,你去吧,也给我一罐。"她急着问,"大胃,你怎么知道我知道这一位画家呢?你可以确定?"

"我可以确定!"

"奇怪?"她很费力地想着,"我怎么自己都不知道呢?"

"我记起来了。"大胃讨好地说,"我来提示你一下。前一次我带你们几个美国太太去参观孤儿院的时候,你在那里的餐厅跟史密斯太太她们说过,说你喜欢这位画家的画,并且——"

"好了!不要再说。在孤儿院的餐厅?"她一时想不起来,同时又觉得难以置信,甚至于怀疑大胃,会不会讥笑她,说她在孤儿院谈名画?看看大胃的样子又不像那么敏锐。她又重新发展大胃给她的提示,虽然还没完全想起来,但又觉得她可以猜到。她兴奋地说:"我想我可以猜到了,我想我可以猜到了。吉姆——我可以猜到了。"最后她叫了起来。

卫门拿了啤酒刚好走出来:"谁啊?"

"是——"卫门太太很小心地说,"齐——白——石。"

"对——"大胃两只手掌早就准备好在那里,说着不惜伤害几万细胞,重重地拍起掌来。

"真的是齐白石的画啊!"卫门太太咧嘴笑着,一只手伸过去接啤酒。

"真的是齐白石的画!"大胃似乎比人家更高兴。他也同时接过卫门递给他的啤酒。

"来!来为露西的中国通干一杯。"卫门"噗哧"地把罐头盖拉开。

"哇!真好!"露西也拉开了啤酒罐,"大胃,非常非常谢谢你。"

大胃看卫门太太那么高兴,心里突然有一点焦急,这时他虽然也拉开了啤酒罐,但因为一时心里被突如其来的担忧扰了一下,使他不能像他们那么一下子把罐头盖拉开,而应该"噗哧"的响声,只听到"哧"的泄气声。

"我好喜欢齐白石呀!"卫门太太一再地强调。

大胃心底里更落慌了。他想怎么告诉她这是一张临摹的仿制品?要说,开始的时候就该说了。但是这时才说,一定会令卫门太太失望。他看着卫门太太就要把画展开,干咳了几声,赶紧说:"卫门太太。"

"你叫她露西好了,她会很高兴。"卫门再转向露西,"是不是?"

"露西,卫门太太,我得先声明一下。"大胃一方面不习惯不尊称他们,一方面心里紧张,所以连亲呼带尊称都一道叫了出来。卫门他们要不是最后看他认真地说有所声明的话,差点就笑出来。他们都愣了一下,只听大胃接着说:"齐白石的画很多,仿他的画也不少。我不敢确定这一张是不是真的是齐的作品。"说完自觉得很不好意思。

"呃!"露西有点失望。她把绢带都解开了。

"打开来看看嘛。"卫门说。

一时什么声音都没有,只有画簌簌地被展开。露西把画长长地摊在地毯上,三个人默默地看着,谁都不敢发表意见,其实凭直觉他们都觉得不错。沉默中,卫门耐不住地毫无意义地"嗯"了一声,露西和大胃都以为他要说什么,所以都望着他。经他们这么一望,也不知怎么地,卫门就照他的直觉说:

"好像不错嘛!"

"我也这么觉得!"露西也开始露出笑脸说。

大胃开心了,他说:

"是不错的!我托的那一位朋友是行家啊。"

"好像是很旧了。"

"因为是旧,真的可能性就比较大。"露西说,"说不定我们运气好碰到真的。"

"卫门太太说得是,古董这种东西,内行人也要运气。我的运气一向是不错,这一张很可能是真的!"

卫门他们不约而同地望着大胃,害他一下子觉得好像缩了很多。

"太谢谢了。"露西的口气变得像礼貌上的应对。

"这一张画是怎么找来的?"

"我托我的朋友,向一位大陆来的没落贵族买来的。"

"买的?"露西夸大地叫着说,"你又花了很多钱了。唉!真不好意思。"

"没……没有,没什么,没什么,几年来受卫门先生的照顾才多呢。这不算什么,不成敬意。"一边说,一边揉搓双手,还露出莫名的歉意。

"哪里的话。"看他说得那么认真,卫门反而觉得不好意思。

"我知道,我知道,我知恩的。"

卫门夫妇两人是想不出他们对大胃有什么好处,

倒是卫门在家里常常说大胃,结论是一头猪、一只狗,所以在背后一提到大胃,就说那头猪怎么怎么、那只狗怎么怎么,这点他们很清楚。现在看到大胃竟然在面前,那么真诚地表示对他们万分的感激,反而令他们感到有点不自在。这时露西感到不安;在这归国前短短的期间,已经接受过大胃赠送的一对手镯、两件定做的旗袍,现在又是一件古画。古画的真假暂且不提,单就这张画所透出来的气势,她是被一件艺术品感动了。由这一股感动,价值也在她的脑里膨胀,而令她觉得毫无理由接受大胃这么多东西。于是她更急切地需要平衡一下内心的不安。她说:

"咦?玛莉呢?"她张望了一下,趴在客厅角落的玛莉一下子就跑过来。她赶紧跨过地毯上的画,蹲下来正好搂住玛莉,"吉姆,你把画卷起来,玛莉会弄坏的。"

"我来!"大胃抢着收拾地上的画。

"大胃,你等一下回去就要带走玛莉吗?"她仍然亲密地抱着玛莉。

"不一定,不一定。过几天等你们走的时候也没关系,我不急。"

"露西，我们要整理东西，没有时间再照顾它了。"

"我知道。我只是问问。"她抚摸着狗。

"我不急，我知道卫门太太这个时候的感觉的。"

卫门一直抑制着满肚子不高兴，但是又不能不百般地小心。最近露西动不动就跟他吵架，他怕了，怕的是吵起来之后露西的崩溃叫他无法收拾。这也是他请调回国的原因，要么就让露西去看医生，不然就回国离婚。至于玛莉他最清楚，那是他们刚来台北时，在信义路的狗园花了六百元买来的杂种狼狗。如果要论谁真正在照顾玛莉，应该是他，而不是露西。到后来甚至于多招呼玛莉，就会引起露西的不愉快而引起吵闹。这次如果没有大胃来要玛莉，他们也不会花几百元美金的机票把狗带回去。露西也明白。所以他每次看到露西在大胃面前，肉麻兮兮地亲着狗的样子，心里非常不舒服。

露西也是一个很心细的人，她知道卫门的感觉。她放开狗说："狗房修好了没有？"

"几天前就修好了，我还花了两千块台币呢。还特地买了一本养狗的书，已经仔细地读了三个晚上了。"

"你今天就把它带回去吧。"她望着卫门，为的是说给他听,她知道他在生气。她接着说:"玛莉最近发情,你可不能让它随便跟土狗交配,一定要找一头有血统证明的狼狗才可以。"

"那当然!"大胃笑着说,"嘿嘿,开玩笑,怎么可以跟土狗交配!"

卫门显得有点不耐烦,但是这种程度,只有露西才能察觉得出来。露西想,我已经把狗放开了,你还在不高兴什么?她也极力地忍耐着。她又说:

"有件事叫我最担心,我知道你不会,但是就怕玛莉被偷走,被人杀了吃掉。全世界只有你们中国人吃狗肉,还叫作香肉。"

"是的,实在太野蛮了。"大胃惭愧地说,"我跟他们不一样,我不是那种人。"

"我知道你,但是也不能让别人虐待它。以后我们会请布朗先生他们去探望玛莉,这不是不信任你,这是我们对玛莉的关心。"

"我知道,我知道,我一定会好好照顾的。"

卫门已经按捺不住那一股在心里的气,有意想离开一下,暗示露西不要太过分,当然,这为的是他自己,而不是替大胃不平。露西看了这种情形,在意识里跟他斗了起来。

"玛莉,过来。"露西把玛莉重唤到她身边,玛莉把前脚搭在她的腿上,昂着头跟她亲嘴。卫门心底里怕起来了,他知道如果他走开,等一下准吵个没完,于是他再忍了一次留在那儿没动。露西搂着玛莉,眼睛却偷偷勾着卫门,话是说给大胃听。她说:"玛莉是很有灵性的,有些人就比不上它。狗跟人一样,你爱它,它就爱你。我说我爱玛莉,它都听得懂。"才说完,玛莉又凑嘴去亲她。"你看,我没骗你吧。你叫它过去试试看。"

"玛莉,过来。"大胃一叫,狗真的冲过去,他赶紧把膝盖夹紧。

"你说你爱它试试看。"

大胃有点不敢,就是他爱一个人也不敢直说爱字,何况要他跟狗说爱字。想起来心里就不是滋味,但是露西催着说:"快告诉它你爱它。它一定听得懂。它会喜欢你的。"

一时也不知怎么搞的,只觉得一阵昏暗,大胃竟脱口连连说了,"我爱玛莉,我爱玛莉,我爱玛莉。"说了之后,自己才知道这么说了。玛莉兴奋地搭在他的腿上，昂起头来，一片发情期的红舌头，湿淋淋的像一块抹布，朝他的脸，上下来回抹了几下。

害得他整个人都僵了起来。

"你看，它听得懂吧！"

卫门看大胃那种怪表情，禁不住沉默，打趣说：

"大胃的英文本来就说得很好，刚刚说'我爱玛莉'时，说得最动听了。"

经卫门这么一说，大家不约而同都笑了起来了。卫门看到露西笑得开心，自个儿也轻松起来。他们交会了一下眼色，吉姆表示输她，所以她笑得更乐。玛莉来回望望主人他们，莫名其妙地一起跟着兴奋地吠叫。

大胃完全没有察觉到，在他们一起聊天的当儿，有一场剧烈的冷战发生过。今天就能让他带走玛莉，是他最高兴的事。

玛莉留在后座，大胃一点也不会像过去，当小孩子上车时，为了怕他们把座位弄脏，而紧张又唠叨。他看到玛莉肯跟他上车，跳上后座，不安地踩踏着座椅，留下许多带砂的梅花脚印，也都不在意了。可是，他似乎变得很在意别人是否注意着他；每当遇到红灯停下来的时候，总在摆头左右看看，或是看看反射镜注意后头，看看是不是有人看他，然后回过头看看玛莉逗逗它。玛莉不安地在后座动来动去，两边的车窗和后窗，它都试着用脚去扒，湿淋淋的舌头，也都在玻璃上面，留下了抽象绘画的杰作。这样的情形，自然十分引起两旁往来，和跟在后头的车子的注意，这些不具任何意义的，只是一种反应的眼神，却令大胃截然地、很清楚地自觉得，他的生活又往上跳升了一格，越来越像美国式的生活了。

从卫门家把玛莉带上车之后，他开着车从天母滑下台北的那种飘飘然的感觉，是他向来都没有过的。

三、来叫Come，去叫Go

卫门他们回美国去了。

在办公室里大胃一有适当的机会，就很技巧地谈谈玛莉的生活情形，一再地来暗示他跟前任主管的关系。当然，他说的只限于玛莉在他家，过着怎么让人伺候的生活。至于深受玛莉骚扰的自家太太玉云，他一个字都不曾提到。

照大胃说,玛莉这一只洋狗是很有灵性的,一点都不含糊。难怪一向不懂英文的陈太太——这也是大胃感到最遗憾的——当她带着台湾英语的口音,叫它几百几千遍的"美丽",玛莉连摆一摆尾巴,表示一下美国人最慷慨的"哈啰——"都不愿意。

要接玛莉到陈家来,陈太太一开始就表示反对。开始时,她并没有找到什么正当的理由来反对。只为了她过去曾经被狗咬过,而把它当作怕狗的理由。这在大胃看来,她不只是浅薄,也是一个自私的女人。

"你这个女人,不是我不能和和气气跟你说话。你有没有想想你自己,到底讲不讲理?"他把声音提得很高,颇为理直气壮地说:"你自己怕狗,就叫人不要养狗。有一天你吃东西噎着了,你怕再噎着,就叫人家也跟你不吃东西,这叫作因噎废食。你至少也有高中的程度,连这么简单的道理都不懂!"

"但是,但是小孩子也怕呀。你是知道的。"

"我当然知道。有你这样怕狗的母亲,怎么会叫小孩子不怕狗呢?"

"说话不要这样逼人好不好……"

"我的事情不用你管。我已经决定了。"

大胃一提到"我的事情",玉云就自觉得无法介入。自从他们凭家乡的林议员说合结婚之后,她眼看着陈顺德,从小地方的初级中学的英文老师,闯到台北,在某贸易公司谋到工作,并且在一两年的工夫,升到经理。然后抓住了一个机会,考进目前的这个洋机关,几年钻营下来,人事数据上,他年年都有小幅度的升等。这一段经历有多少的大小事情,有多少决定,全都由陈顺德一人担当,向来就没有她参与的份。事实上,事情本身似乎根本就不需要她介入;有吃有穿有住,并且吃住穿着的问题,早就摆脱了需要与实用的问题,已是沐浴在讲究与享受的时候。这样的生活,令玉云直觉得更没有过问任何事情之余地。虽然在生活中,玉云时常遭受到陈顺德由职业上的成就所滋长的专横傲气,给予精神上的痛苦,然而,在她生活的小圈子中,有些光彩的面子,也正是滋长陈顺德专横傲气的职业上的成就所给予的。每次遇到亲戚朋友,或是同学会的老同学,几乎每个人都以她先生能在洋机关工作的成就,来赞美她的婚姻,甚至于联想他们的出国机会而羡慕着。由于同样的事情,另有被羡慕和赞美的一面,玉云对自己在家庭遭受痛苦，也就无法弄清楚问题的所在，只要她在外面得到亲戚朋友间的一点点语言上的安慰，她对先生的吞忍性就增大。

这次，要不是抑制不住心理上怕狗的阴影，玉云是不会轻易地提出反对养狗的事的。

但是，当大胃强硬地表示"这是我的事情，我已经决定了！"的时候，养狗的事情就变得很不单纯了。玉云是把它拿来和大胃的职业的成就连在一块儿想了。她已经清楚地知道，她家要养狗的事，即将成为事实了。心里怕的是，据说大胃要养的是一条大狼狗。为了这事，她甚至于做了噩梦。本想将做梦的情形告诉大胃，但是想了一下，经验告诉她，这样做只有换来挨骂，或是讥笑，经过几天噩梦的缠扰，玉云终于说话了。

"咖啡给你冲好了，凉了就不香。"她抓住大胃高兴的时候说，"我们来养小狗好不好？像北京狗或是狐狸狗，这种狗长不大，又很可爱，小孩子一定会喜欢。"

大胃听了她的话，本来很不高兴，但他多少也领会到玉云的话中，有几分哀求，而可怜起她来了。他喝了一口咖啡，调整了一下情绪说："你错了。你以为我喜欢养狗吗？我只想养卫门家的狗。"他想了想，说，"卫门虽然回美国，但是还是跟我们有关系，并且他可能还有回到台北的机会。"但是说到此，这样分析性的说明，突然令他觉得好像自己在透露心底里的阴谋似的，即使是面对自己的太太，一时却难堪起来而就作罢了。其实，另一方面，还有一股与这理由相当的、醉心于美国式的生活方式，支持着他想领养玛莉。大胃的话虽然只说到此，在玉云来说，算是点到了。她更清楚大胃所说"我的事情"的意思。实际上，大胃之所以这么说，完全是烦不过，随便说说罢了。这样圆满的误会，反而令玉云感到错怪了大胃，而深感内疚。对于领养玛莉的事，玉云完全放弃了原来自己的想法，一切只有努力做迎接玛莉的心理准备了。

但是，大胃接玛莉回来的下午，车子还没到家，大胃禁不住喜悦，远远地就揿了一两声喇叭。这种情形在大胃来说，是很少的。这并不是说他是很少揿喇叭的人。在街上，在靠近斑马线的附近，尤其是去年刚从洋同事手里接过这部欧洲的旧车子的那一阵子，还有当他准备带家里大小外出时，他总是先早上车，发动引擎，在很短的时间内就开始揿喇叭催，害得在屋子里的玉云,急得团团转,常常弄得她不是忘了带这个,就是忘了带那个,或是小孩子的鞋带子和衣服扣子,都留在车上整理。所以他们对爸爸的喇叭声,已经非常熟悉了,只是很少听到爸爸回来时的那种愉快的喇叭声。

"啊——!爹地回来了。"小孩子和喇叭声一样愉快地叫起来。

"妈咪——!爹地回来了。"老幺也跟着叫喊。

当然,玉云也听到那喇叭声了。那像一个极熟悉的、电视上的家庭幸福保险的广告;一个以家庭为重的父亲,视回家为最快乐的事。每当他开车快到家的时候,就按一声喇叭,像是愉快地告诉家人说:"我回来了!"而家人这一边,也一样愉快地列在门口等着父亲回来。这次,玉云觉得大胃那种带有感情的一声喇叭,虽然感到陌生,但在看电视的经验上,无意识地也学会了领会那一声喇叭,而令她觉得正如享受呼吸到幸福家庭的空气。

玉云和三个小孩子,赶着到门口开门时,大胃不但车已停妥在对面,而且已经下来,双手拉紧皮带,笑嘻嘻地准备牵玛莉过马路来。当玉云把门一打开,看到一只臃肿得像褐色的熊的玛莉,吓得差点就把打开了的门又掩回去。她本能地把小孩子拉在一块儿,整个人绷得僵住了。从心底里怕狗的阴影,并不是个人想努力做心理上的准备就可以的。何况所谓的玛莉,竟然是这般活生生的庞然大物。大胃虽然不曾预期想得到什么样的迎接,但是看到玉云这种面无人色的模样,叫他见了,他也不高兴起来。好在在大胃等着过往车辆的间隙,有一会儿的时间,玉云看到大胃的不高兴,发现自己的紧张,努力调整自己的心理,尽量想使自己放松。这样努力下来的效果,最显著的是,强堆出来的脸上僵化了的笑容,至于两只手,仍然右手紧抓住小孩子的领子,左手紧抓住另一个孩子的肩膀,把他们拉近她的身体。然而,马路上过往的车辆,已空出好多次的间隙,大胃还是没有把离开旧主深感不安的玛莉牵过来。与其说是大胃牵玛莉,倒不如说玛莉在拖大胃。此时,玛莉除了一直回头扒着车门,想回到车子里面之外,也用力挣扎试着往路的两端跑。大胃却像做一场搏斗,使出浑身的力气,弄得圆圆的脸,涨红得像一只取掉皮的红西瓜,汗水也随着淌下来,同时紧张地频频喝着"玛莉!玛莉!"看到这种情形的玉云,那唯一勉强表示欢迎的笑容都给吓跑了。玛莉本能地做着尝试错误,既然退也不是，往左往右都不对，那么只有试着冲过马路。哪知道，就这样，好不容易一下子就把大胃拖过来了。由于玛莉是面对玉云这边冲过来的，害得三个小孩，不约而同地急转过身，分别抱紧妈妈的大腿和腰部惊叫起来。面临一场无可抗拒的大灾难似的，玉云闭上眼睛，立即深深地弯下腰，揽护着孩子们，做最后母爱的本能的表现。当过了一段令玉云足够怀疑眼皮外的动静的时间后，睁开眼一看，大胃和玛莉都不见了。

"爹地呢？"她问。

大孩子祖慰，怯懦地伸着手，随时准备缩回地指着屋子里面。

这下玉云才挺直了腰身，但是两个较小的孩子，还牢牢地抓住她。她想了一下，要是再不进去的话，大胃一定会大发脾气的。

"好了！我们进去吧。"

进文和汉克一听妈妈这么说，反而抱得更紧，表示不愿进去。

"傻孩子，"她蹲下来，"不要怕，爹地不是叫我们不要怕吗？你们这样子爹地会不高兴。乖！我们进去好不好？"

汉克竟然哭起来。玉云正拿他没办法的时候，大胃不声不响地走出来了。他没开口，玉云一时也不知道说什么好。很显然地，大胃是十分恼怒的了。玉云母子的表现，令他非常不愉快。玛莉的不听话他很气。自己不但没有办法驯服玛莉，还在玉云面前显出有点害怕的样子，他因觉得失了面子而懊恼。其实玉云倒是吓着了，根本就没注意到他是否怕玛莉。另外，跟玛莉缠了这么一场，使他发胖的身体，感到很累。然后，他走出来门外时，听到玉云的话，看到他们怕狗和怕他怕得这么厉害，突然可怜起他们来了。所以他气恼得一时不想说话。他默默地抱起汉克，想带头走进屋子，没想到，汉克却把身体往后仰翻着不想进去，同时哭得更厉害。

"好！不进去，不进去。爹地带你们去吃冰淇淋。"说着就往对面停车的地方走。

"你带了钥匙没有？"玉云问。

"走吧！"他不耐烦地回答。

玉云把门带上，过了马路，全家人上了车，由大胃带去吃冰淇淋了。

他们在车上，一路上都没说话。冰淇淋上桌，小孩子们吃得津津有味的时候，大胃说："不要怕玛莉。

它很乖,过几天就会变成你们的好朋友。"他的亲切口吻,令玉云觉得意外,同时感到欣慰。他又说:"汉克,你现在还怕不怕?"

汉克笑着看看大家,然后讨好地还带着怯怯的声音说:"不怕。"

"乖——,这样才对。"大胃摸摸他的头,转向老二问:"进文,你怕不怕?"进文一边吃一边笑着摇摇头。

"你摇头,爹地不知道你怕不怕。"大胃说。

"不怕。"小声而快捷地说,好像撒了谎不好意思。

"祖慰呢?"

"不怕!"

"对,没有什么好怕。玛莉是来替我们看家抓小偷的,不要怕它。只有小偷才怕,你们又不是小偷。"

这时候,大家都显得轻松。玉云也说话了。

"现在你把狗怎么样了?"

"把它链在天井,开了一罐狗罐头让它吃。"

"没想到它是那么大的一条狗。"玉云还有一点余悸。

大胃赶快向她挤个眼说："好啊！大才好啊，小偷一见了它，就不敢到我们家来啊。"玉云马上就明白他挤眼的意思，不想再让小孩子觉得可怕。

　　"爹地，我们的大狗是美国的狗，是不是？"汉克带着以美国为荣的口气问。

　　"是啊！玛莉是美国的狗。玛莉就是狗的美国名字，以后多叫它玛莉，它会很高兴。"

　　看到小孩子已不再谈狗色变，并且谈得那么愉快，玉云望着大胃自叹不如。

　　一回到家，小孩子真的比较不怕了。虽然还不敢直接跑到天井去看它。他们都跑到饭厅，趴在窗口看。同时，三个小孩一起惊叫起来。

　　"爹地——大狗狗该死啦，把你的兰花打破了。"由于三个人抢着说，大人还没听清楚，但可以意识到有事情发生。大胃才走到门口，一听到小孩子叫嚷，赶紧赶到天井，看到三十多盆的宫兰和报岁兰，被打翻在地上，破了十多盆，气得脸都黑了。玉云和小孩子都屏住气，等着看大胃将怎么样地来惩罚玛莉。因为大家都知道，这些兰花是爹地的命一样。有一次祖慰不小心弄翻了一盆，就挨了打，并且规定小孩子都不能在天井玩。

玛莉一看到大胃走进天井,马上站起来摇着尾巴,嗯嗯撒娇地叫,且跳着想把链子挣断。大胃半举着手,比着要它安静,玛莉却用后腿站起来,前腿举得高高的,想搭在他的身上,大胃跟玛莉保持了一段距离,仍然比着手,说了一大堆英文。但是,这样僵持了一阵子,玛莉还是不累。大胃移近了一点,握住它的前腿,另一只手拍拍它的脑袋,不知说了多少遍的Nice dog,才叫玛莉一时心悦诚服地,四脚着地,由他抚摸它表示驯服。这时大胃看到饭厅窗口,四对发愣的眼睛,转过头对玉云发了脾气说:

"还不拿畚斗来扫一扫,看什么看!"

"狗……"玉云害怕地说。

"你不会看我被吃掉了没有?"

玉云拿着扫把和畚斗一走进天井,整个神经都绷得紧紧的,只要一点点惊吓,她随时都有绷断的可能。她连气都不敢喘,轻声地求着大胃说:

"你……你可不能放开它哟!我会吓死的。"

她俯身捡花盆的破片,像是用土法扫雷那么紧张,害得在窗口上的小孩子也跟着紧张。唯一能让她动弹的是,大胃对着玛莉喃喃不断地说着英语。她希望大胃一直这样跟它谈下去,好叫她赶紧整理好。

大胃一边安抚着玛莉,一边指挥着玉云,要她把花这样那样地说了一大堆,要是他看到玉云做得不合他意,他就骂她笨。原来被伺候得舒舒服服地趴在地上的玛莉,一听到大胃讲的不是英文,声调又是那么不友善时,它赶紧站起来,不安地露出野样子,大胃马上改用英文和语调,连忙说:"No! No! Not you, not you..."说着一只手抓牢链子,一只手正相反,轻轻地拍玛莉,有时顺玛莉的毛势,从头到身体,一下一下抚慰,狗一舒服,又很放松地趴在地上。玉云一边整理地上,一边勾着眼睛,一直注意狗的动静。

而她的一举一动也在大胃极易怒的注视之下,注意她是否弄坏了花身。

玉云手拿着一株失土的兰花,眼看即将断掉的根,心里纳闷着,想了一想,还是不敢自作主张。她提起来问:

"你看这一根根,快要断掉了。要不要把它摘掉?"

"什么啊?要把根摘掉?"大胃只听到要把根摘掉,没看清楚玉云的情形,就怒叫了起来。最敏感的还是玛莉，它听不懂中国话，一听到口气不对就以为有人跟它敌对。它像弹簧一下子站起来。大胃赶快对玛莉说："Not you, nice dog, nice dog..."他就这样一直哄着狗。玉云心里很气，她觉得在大胃的眼里，她根本就不如一条狗，奇怪的是，她竟自己也感到惊讶。为什么这一次狗站起来的时候，她怎么不觉得那么害怕呢？

"把花放在一边，快把地上清理干净就好了。"因为怕玛莉的误会，大胃轻声细气地跟玉云说。一说完中国话，马上改用英文，向正用怀疑的目光注视大胃的玛莉说："Nice dog, nice dog..."手还忙着安抚狗。

过后一阵子，玉云快整理好的时候，大胃颇有心得地说：

"看，狗有什么可怕，你疼它，它就服你。Nice dog."他一边教玉云，又怕玛莉不安，所以他中国话、美国话交互应用。手不但不停地抚慰着狗，并且还有花样的变化，"你拍拍它的头，梳着抚摸它的身体都可以。喏，像这样轻轻地抓它的胳肢窝也可以。"

大胃说着轻抓玛莉的胳肢窝做示范。玛莉一舒服，干脆学人仰卧，让他摸个痛快。"看到没有？它最喜欢人这样做。"大胃看到玛莉一舒服，朝天的后腿，随着他疼它的抚摸,竟禁不住地一踢一踢,叫他看了觉得有趣,轻抓玛莉的腿和身体连接的地方。玛莉勾着头张开嘴伸出颤动的红舌头,望着在它身上发生奇妙的感觉的魔手,时而望望大胃。"啊!看它多么领会人意。以后多摸摸它,拍拍它,它就听你的。"

玉云捡光了破片,端起畚斗就走开,大胃根本就不注意她心里的感觉,只顾一手一手用心地抚摸着,跟玛莉打交道。一直趴在窗口观看的小孩子们,心里多少都有点失望。大家一开始就以为玛莉一定会受爹地痛打的,甚至于看到打翻了那么多盆爹地爱之如命的兰花,还以为会打死它呢。哪知道,爹地只骂妈咪,反而对弄坏兰花的狗,给予不停的爱抚。眼前的情形,据他们的经验,是十分令他们感到意外。最后汉克终于忍不住了。他问:

"爹地——你什么时候要打死美国的狗?"

两位哥哥一听弟弟这么一问,眼睛都亮起来了。但是,大胃一下子还没听懂汉克的意思,他有点莫名其妙地回问:"你是说打玛莉?"他看到小孩子点点头,又问:"为什么要打玛莉?"

"狗打翻了爹地的那么多个花盆,你什么时候要打死它？"汉克说完了，两位哥哥同时觉得弟弟说出他们心里的话，高兴地忙着看看弟弟、看看爹地。

"噢！"大胃突然意识到小孩子的这个问题，必须要有个圆满的交代。"要的，爹地要重重地打玛莉。这一次，嗯，这一次它刚来，还不知道，下一次打翻花盆，爹地一定把它打死。"他因为小孩子突如其来的问话，一下子问住了他，他为了回答问题思索了一下，抚弄着玛莉的手停下来，说些又是玛莉不熟悉的话，所以玛莉惊奇地站起来，同时为了要大胃注意它，而扑了过去。原来蹲在地上的大胃，还没来得及站起身，就给玛莉扑翻在地上，后头刚才没打翻的花盆，连着架子都一起翻倒了。仰翻在地上的大胃，被玛莉的前腿扑在身上，当他还没挣扎起来之前，他连忙叫着："No! No! I love Mary, I love Mary, I love Mary..."玛莉把嘴巴凑过去，伸出舌头在他的脸上舔了几下，他难受地爬了起来，一手抓住链子，一手还是不敢怠慢地轻拍着玛莉，口里吐出一连串讨好玛莉的英文。

不一下子，玛莉又安静了。看得目瞪口呆的小孩子，又被爹地搅糊涂了。

"爹地，你在跟狗说什么？"汉克问。

"我在骂它,你没听到?!"他很气,但不敢大声说了。

小孩子听不懂英文,听爹地这么说,也就不再怀疑了。

好在玛莉来的下半天是星期六,隔日是星期天,都有大胃在家跟狗周旋。玉云曾经这么庆幸过。但是,过后的日子,跟玛莉的关系最密切的人,即是玉云。因此,她的生活添了许多多余的麻烦,也替狗受气又受罪。

但是,玛莉在本能上,也觉得受到拘束。虽然地球之大,天母到台北只有十多公里,不算是距离。然而,对玛莉而言,一旦离开主人卫门家,到了大胃家,不但人地生疏,语言环境也不一样,还有很多说不出来的异样,像是一个依赖惯了的人,单独到了外国似的感到不安。它一有机会就想离开这陌生的环境,有时它想起女主人露西唤它的时候,不管链子是否拴住了,它硬拼着想把链子挣断,直到它累,到它弄不清为什么要这样挣扎时,它才肯安静下来。玛莉来到大胃家,头一天打翻了所有在天井的兰花。随后这些兰花,每一盆都用铁线悬吊起来;吊得太低了,玛莉站起来也有一个人高,吊高一点，玛莉碰不着，玉云要晾衣服可不方便。可是，令玉云最不安的是，稍一不小心，晾衣服时碰伤了那些花，那可像是碰到大胃的烂疮，敏感得很，一碰就叫就骂。弄得玉云一到天井工作就紧张兮兮起来；一边也怕狗防狗，一边要借助凳子爬高晾衣服，还得当心碰到兰花。到头来，怪来怪去，像丈夫有了外遇，总是怪到别人身上，说人家是狐狸精那样，自然，玛莉就变成了玉云最痛恨的对象了。由于她怕狗，又怕支持玛莉的背后的大胃，所以她恨起玛莉来，竟一点力量也挤不出来。

随后没几天，玉云打扫天井时，一不小心松了绑，玛莉一时野性大发，在屋子里蹦蹦跳跳，一直想往外面冲出去。尤其在它幻觉似的听到露西的声音时，就陷入极度不安，而撒野得更疯狂。经它房前房后轮转着跑了一个多小时之后，他们家像遭受到私人迷你型的台风蹂躏，厨房的一座橱柜倒下来，瓶装的东西散满地，客厅的落地灯、花瓶都倒了，灯罩和两只绣花坐垫也都给撕破，假壁炉的灰被弄得满地毯都是，还有没来得及关好的小孩子房间，也被搅得乱七八糟，屋子里面，特别是客厅的落地窗里面的落地纱窗，没有一片完好，统统给由上而下地抓破了。这一场破坏，玉云并不是没有阻止。她前前后后手拿着扫把，口里乱嚷乱叫地跟着玛莉跑，就这样她是尽了最大的力量了。

中途虽然挂过电话给大胃，希望他能实时回来阻止玛莉。然而，却碰到大胃才向同事吹过玛莉在陈家的事，一方面有碍情面，一方面想在新主管前面表现一番。所以玉云报告过来的惨重灾情，不但无动于衷，而且令玉云最感到莫名其妙的是，驴唇马嘴的回答，在听她焦灼的报告过程，他一开始就用很和善的口气，"嗯、嗯、是、是、好的、好的"，这样应声到底。玉云还没说到一半，大胃就抢着说，口气仍然亲切地："就这样做好了，没有问题。……拜拜！"后面还夹了几句英文，他很清楚这些不是给玉云听的。当电话被对方挂断了之后，玉云望着手上的听筒，还在怀疑是不是挂错了电话而发愣。

当玛莉不想撒野，让玉云用链钩把它挂住拴回天井之后，整座屋子里面，都显得零乱塞满。这时候，在活动上来看，是玛莉的结束，却是玉云的开始。看了眼前的一片，她那一向不怕辛劳的意志也不由得消沉了。她想，就把这样的现场保留下来，等大胃回来，让他看看就知道值不值得养这样的一条狗。想啊想地，眼泪也掉下来了，没想到一个颇叫她引为自慰的家庭，竟因为一条母狗的介入，弄得七狼八狈的，她感到十分怨叹。才瘫在沙发上的身体，心里虽然难过，身体却得到了休息，多少还可以觉得舒服，就在这个时候，她顺着视线望过去，纯毛的地毯上，有一摊秽物是她刚才没发现的。等多看它一眼，她整个人都跳起来，这一条纯毛的红地毯，是大胃计划一年才弄到的，他爱这一条地毯，像爱惜他自己的羽毛，为了照顾它，也是严格规定了许多禁令，不许这样，不许那样，不许小孩子在地毯上吃任何东西。这一下看到秽物在地毯上，玉云一下子惊慌起来，想办法尽量把它清除干净。这么一来，想到小孩子快放学回来，她不趁这时候清理房子，到时候只有更乱了。于是乎，她就顺手把房子都整理了。她想，这样也好，说不定大胃看了那么乱，反而不怪狗，而更加生气地对待她。

这一天，玉云为了玛莉的灾后，忙了一整天，也正觉得她理由最充分，她知道她提出她所付出的劳力是没用的，但是，提出损坏的东西，她深信大胃会心痛的。她这么想了之后，就稳稳地等着大胃回来，准备好好地告玛莉一状。大胃回来了，比平常下班到家的时间，提早了五分钟，可见他是急着赶回来。他一进门，满脸不高兴，一句话也不说，随着玉云从前面带到后面，一一勘察灾情。玉云讲个没完，正说到地毯的时候，大胃沉不住气了。他大声地叫起来。"你到底在家是干什么的？"

"什么？你怪起我来了？"玉云原以为自己站得住脚，没想到反而挨骂。一肚子冤气，逼出来的声音也不好听。

"你说！你说，玛莉为什么会跑到房子里面来？"

"我在打扫天井，它，它就跑进来了。"说到此，玉云的锐气突然大减。

"你笨蛋！你这没用的东西……"

"要是你听我话不养狗，就没有这些事情。"

"废话！你笨蛋你还有什么话说？"

"啊——，我知道了，凡是动到你的兰花、你的地毯、你的汽车，现在又加上你的狗就有事情了。"她越说越泄气。

"给我闭上你的狗嘴！"

"嘿嘿，"玉云完全没脾气了，毫无表情地做个笑声，淡淡地说："我有一张狗嘴就好了，恐怕连狗都不如——"

　　玉云遇到无法跟大胃理喻时，就拿什么缘分啦，女儿身啦，命中注定的啦等，来泄自己的气。这次为的是一条狗，她实在不愿这么想，可是，除此之外又能如何？她这样为自己懊恼，仍旧陷在宿命中，一再重复她的遭遇。她想，她的这一辈子就是这样的了，反而这样的想法，也成了她的另一面的勇气。使她从极度地怕狗，在短短的期间之内，变得她敢碰像玛莉这么大的狼狗。其实说她敢，倒不如说她外强中干来得公平。

　　每天，大胃上班，和小孩子上学之后，就是玛莉挣扎着要到外头解便的时候。遛狗这一件差事，对玉云来说，是最紧张的了，然而，玛莉却是最愉快的了。每次她牵着玛莉出来的时候，这种强烈对比的现象，很容易地就可以看出来。一个是脚轻巧地跳跃，一个是拴狗的活动木桩子，狗链子绷得越紧，玉云的神经也绷得越紧。一只大狼狗四脚着地，它不走，拉也拉不动。有时要拉它到东，它却偏向西跑。它想走，拉也拉不住，它斜着身子拖，玉云只好牵制它跑慢一点，但是手被皮带环勒得发紫。刚开始的那几天，右手酸得像要脱下来。不过，遛完狗，让它解完便，只要能强把它拉回来，她也就不计较什么了。

有一天早上,她惯例地带玛莉出去遛遛,没想到,才出了门口,几只向来就没见过的公狗却跑过来了,玉云看到这情形,心里慌起来。她很快地把握在手里的皮带环,改为套在手腕上;原来她都是这么做的,只因为前天,玛莉过分用力想挣脱她,而手腕给皮带环刮破了皮,所以才握着没套在腕上。其中有一只公狗,从容地走过来,闻闻玛莉的尾部,霎时间,出其不意就骑到玛莉的身上了。玉云在大庭广众觉得难堪的同时,很快地蹲下去,想抓一块石头砸野狗的时候,她不但吓跑了野狗,连玛莉也给吓得向前用力跳开。这么一来,皮带环一勒紧,重新往伤口一刮,玉云痛得把手放开,玛莉就这样,拖着链子跑了。这一下,玉云吓得连痛也忘了,她一边没命地追,还不停地尖叫着"美丽——美丽——",其声音尖得失了常,难怪特别引路人注意。这时,她一不小心整个人扑倒在地上,跌得很重,连一声叫喊"美丽"也碎不成声。由于玛莉跟她的关系重大,固然她不喜欢它,但是为了必须向大胃交代,她知道玛莉不能在她的手上失掉。

所以当她重重地跌倒在地上,她还能清醒地,在她还没来得及爬起来以前,头早已抬起来注视玛莉的去向。眼看玛莉即将消失在行人里面,一股弹力使她跳起来,连拖鞋也不找,提起腿又追。

"美丽——美丽——",她上气接不住下气,边跑边叫,一只手指着前面:"好……好心,前面……狗……狗……"又急又喘,一句话都没有办法说清楚。她的膝盖破了,血沿着膝盖一直流下来,像穿了一双红花袜子,路人提醒她,她也无法停下来照顾自己。玉云一松了牵制狗的链子,反而变成有另一条无形链子链住她,由狗拖着她跑了。这时她极盼望有人帮助她把狗拉住,但是,她喘得呼吸都困难,很不容易说话。她憋住气,很费劲地叫:"拜……拜托,好心……把狗拉住。"

她的脚步慢了很多,狗越跑越远,几乎看不到了。叫嚷的声音,也只留个口形在动,整个脑子里,一下子都变得昏暗了。她像一部超出工作限度的机器,疲乏而逐渐减慢了速度,可是,每一步每一步都尽了极限。这样的脚步,已看不出当初的情绪。在麻木中划着步子,玉云略微地感到,自己似乎是一点一点地在消失,这时,连心也麻木了,她不再急着想把狗追回来,也不急于怕不能向大胃交代,至于为什么还要跑的事,也没想。就这样,她负伤跑了三四条街道,到后来的行人遇见她,也没人知道她是追狗来的。心肠较软的行人,看了她这样失魂落魄的模样,还以为她是受了刺激而闹分裂症的病患。

当玉云无可奈何地趋于绝望的时候,一个年轻人拉着玛莉,走到她的面前,一时叫她难以相信。她清醒过来似的,整个情绪又接上开始追狗的焦灼的心情,有了这样的结局,令她禁不住地感激地哭着连声说谢谢和点头鞠躬,害得年轻人觉得怪不好意思。她伸出软弱无力的手,想接过狗链子,但是,年轻人看她手抖得厉害,也就没把链子交给她。他问:

"要不要我帮你把狗牵回去?"

"谢谢,谢谢你,劳烦你!"不知怎么地,说着,另一阵热泪又涌出来。她知道为一条狗弄成这个模样,实在不好意思。可是,这个时候,这位年轻人替她把狗找回来的事,在她看来像是救命恩人一样的情形,是年轻人和看热闹的人,无法理解的。

狗拴在天井,玉云心里越想越气,随手抓了扫把倒转过头,想痛痛快快地揍它一顿。她稍犹豫了一下,举起扫把,连骂带打:"死狗!死狗!"才打了两下,玛莉猛力地跳起来,想挣脱链子。玉云看了这样的情形,怕它挣断链子之后,不知又要乱成什么样子。她马上丢下扫把,像是为了生命的安全而缴械的俘虏。玛莉看看地上的扫把,走过去把竹柄咬在嘴里,然后再用力一咬,噼里啪啦一声就碎掉了。

本来很自然地想在狗身上出气,没想到,反而叫狗威胁回来,她坐在沙发上,一面替自己擦伤口,一面又再次地想下定决心,再向大胃提出严重的抗议。看看一双膝盖,一双手臂弯,四个地方都擦掉一块皮,痛在心里面的,比实际上像针一针一针扎的还要痛。心里越想越不甘心,她一边用红药水擦伤口,一边切齿自语地骂着:"死狗!会的,有一天我会宰掉这只死狗的!"

早上擦伤的伤口,到了下午,表面上都结了一层硬壳,因为四个伤口都在关节的部位,所以动起来不但不便又痛。到大胃快下班之前,玉云坐在客厅,希望他一进门,就看到她一双膝盖上的红药水,然后由他问起,她才抓住机会,向他提出抗议。哪知道,等到大胃一进门,虽然跟玉云照了面,却没看到她膝盖上,醒目得像日本国旗的红药水。他抱着西装外套,另一只手边走边松着领带往里面的房间走。这样的情形,连小孩子们也感到意外。玉云暗示小孩不要叫,但是汉克禁不住叫起来了。

"爹地——快来看妈咪红红的脚。"

这时,大胃在房间透过窗户,正跟玛莉打招呼。玛莉回了他几声吠叫。

"玛莉下午吃了没有?"大胃从房里叫着问。

玉云听了气得不知怎么回答好,干脆就不答。

"爹地,"汉克跑到里面,告诉大胃说:"大狗狗咬妈咪的这里这里,还有……"没等汉克说完,大胃走出来客厅,"玛莉怎么了?"

"你不会看?"她把没盖好的裙裾,又拉高了一点。

玉云这么做,令这个时候的大胃觉得有点撒娇的意味,因而感到不耐烦。当他看清楚是擦伤,他像是受了骗。他气愤地说:"这怎么叫作玛莉咬你?"

"我又没告诉你说美丽咬我啊?"但是她想了一下,她也气愤不过:"怎么?一定要狗来咬我,你才高兴啊,从明天起,我再不管你的狗了!"

本来就很不高兴,大胃再听到"你的狗"这类的字眼，心里更不舒服起来。但是，看到玉云的伤势不轻，自然忍让了一些，只好不开口说话，才能忍住气。

"看！"玉云又把双手举起来说："臂弯也一样。"

大胃仔细地看了一下，稍冷静了下来，和气地问：

"到底是为了什么，弄成这样的？"

听到大胃这样的话，和这样的口气，玉云突然心里面都清爽了。因为心情有了这么大的转化，当她一五一十地把上午发生的事情说了出来的时候，事件本身仍然没走样，但是，事态就受到扭曲了。至少多了一些当时没有的轻松气氛，而大大地减杀了惨兮兮的部分，如果试着想获得大胃的同情，或者要据理抗议养狗的事，照理是不想夸大惨相，也得保留才对。哪知道，玉云一听到大胃跟她和声细气一句，看到大胃在看她的伤口时，注意到他皱眉的表情，就感到受疼，因而也就心满意足了。话说完了，她在心里面还自嘲上午的事件，是一件挺滑稽的事。难怪在述说经过的过程，有说有笑。

大胃真正的心平气和，并不是在玉云以为她感受到的那个时刻，而是在玉云滔滔不绝地描述途中，受到一种娱乐之后，才平静下来的。

"唉！"大胃笑着叹气说，"卫门他们不知道怎么应付玛莉的？"

"最气人的是，"玉云难得遇到大胃不厌烦她的长话，一高兴起来，只想到自己所要说的，也就无心听别人的了。"我叫它，它连理都不理。它只听你一个人的。"

"谁叫你那么笨。几个英文字简简单单的，教你多少遍了，你还是说不准。告诉你它叫玛莉，前面的声音放轻一点，你老是前后一样重叫它美丽，你的英文真差劲。"

"人家告诉过你，我念的是农职的家政班，不上英文课。你总是过一阵子就笑人家英文不好。"

"像来叫Come，去叫Go，这样简单的单词，随便叫一个没读书的来学，不要一下子他也会。"他笑着说："你叫玛莉为美丽，美丽可能是另一只中国人养的狗，你叫美丽，玛莉当然不理你。嘿嘿嘿，你啊，你自己笨，还怪起狗来。"

"好吧，我笨。我只能照顾三个小孩，你最好找一个会英文的人来看狗来了。"

玉云话虽这么说，过后她一有空，还是拿出大胃为了她能跟玛莉沟通，而列出来的一张英语九十九句，认真地背诵着：

"来叫Come，去叫Go，Nice dog叫好狗狗……"

四、"你爱我，还是爱狗？"

慢慢地，玛莉会听玉云的叫唤了。这倒不是说，玉云的英文大有进步，只是双方面都忍让了一点。虽然她叫玛莉的时候，多多少少还带有一点"美丽"的影子，算是她尽了力。只要狗知道是叫它，也就差强狗意了。

玉云的伤口收干了，令大胃感到内疚的心，也逐渐随着伤口薄了。玛莉在陈家造成的骚扰，并不因为玉云背熟了几个英文单词就没了。正在发情的玛莉，不知不觉又给玉云招来不少麻烦。

这一次，玛莉真正地发情了，甚至于消息也发出去了，这一天一大早，玉云正在替大胃上班和小孩上学准备早餐的时候，突然听到外面有人敲门，当她走出去，把门一打开，吓了一跳，原来敲门的不是一个人，是一条说不出名的狗。它听到玉云惊叫了一声，它也稍稍吓了一下，然后才慢慢地走开了几步，但是眼睛还是牢牢地钉住这边。玉云顺着这只野狗望过去，又吓了一跳，她看到邻近，有十条左右的各种各样的狗，都朝她这边望。

"大卫——，你快来看，吓死我了。"她说着把门掩成一条缝。本能地怕那些狗跑进来。

"什么事情大惊小怪？"大胃边走过来边说。

玉云把门打开说："看！那么多狗都朝我们这边望。"

大胃一样地感到意外，他踏出一步走出门口，用力挥手嘶了一声，那些狗的反应是一致的，大家齐齐地退了一步，然后还是朝着这边望，大胃又挥手嘶了一声，装样子冲去，他进了三步，狗群就退了三步，看大胃不动，大家也不动，大胃回到门里，狗又向前走了几步。

"玛莉发情了。这些都是公狗，我们要特别小心，不要让这些狗跟玛莉配上了。"

"奇怪？它们怎会知道？它们平常都在什么地方呢？"玉云想不通地问。

"就是去通知也不一定会来这么齐。狗鼻子真厉害。"大胃笑了笑。

"还会敲门才怪呢！"玉云指着离他们十多米远的一只黑狗说："就是那只黑狗敲的。"

"把门关了吧。绝对不能让玛莉跟这些狗交配。露西一再交代，玛莉一定要跟有血统证明的狼狗才可以交配。露西还说，这是玛莉第一次的发情，不准备叫它在这一次生小狗，所以要特别注意。"

"露西是谁？"

"卫门太太啦。"

"呃。"玉云想了一下，忧虑地问："那外头的那些狗怎么办？早上遛狗的时候，会不会怎么样？"

"对了，不要遛狗，就让玛莉在天井解便，你去准备一桶沙来处理好了。"

"你叫我到哪里去提一桶沙？"

"多的是，到处都有人盖房子，那里就有了。"

发情中的玛莉，确实变化很大，一时变得不思茶饭，即使有一点食欲，也是没时没辰，没赶上它的需要，就吵吵闹闹。吃东西嘛顶多两样，不是清炖牛肉，就是托人到P. X.买的狗罐头。但是，玉云喂它的时候，像是跟玛莉赌手心手背，而输家总是玉云，真不容易伺候。两三天来，大胃跟着玛莉的发情紧张起来，变得比平常更容易动怒。为了喂食，玉云已经挨了几次骂，憋了一肚子怨气，没好日子过了。

又过了两天，门外的狗被过往的汽车轧死了一只。这样的惨剧，它们不但没引以为鉴而解散，反而又多出来了几只。它们的种类虽然各有不同，但是，大多数都是长毛的外国洋狗。这种长毛的洋狗，养在亚热带，又热又潮湿的台湾，尤其是台北盆地，是很容易患皮肤病的。一旦患上这种皮肤病，再怎么名贵的洋狗都变成癞痢狗，到头来就被抛到街上了。它们有的烂得皮毛都快掉光，也有的残废的，除了两三只短毛的土狗，其他都害病。它们零零落落，略微成为弧形，把陈家的门看住了。当陈家的门，大部分时间都紧闭着的时候，它们都懒懒散散地趴在地上养神。一旦陈家的门有了动静，它们马上挺起身，连眼睛都亮起来，一起注视过去。要是它们看到出入的是陈家的人，而不是玛莉，它们会稍注意一下，那些人会采取什么态度对待它们，它们才决定下一个行动。

下午，玉云发现玛莉开始有点食欲，看看锅里的牛肉已剩下不多。今天,她忙了一个上午,还没到菜市场。于是她趁孩子回来之前,跑了一趟菜市场,把菜和牛肉一起买回来。但是,等她到厨房,把买回来的东西检视一下时,却发现牛肉不见了。她明明记得一百多块钱的牛肉,都跟这些菜放在一起的。她看看装菜车,车底也是好好的,牛肉到底是怎么失落?始终想不起来。玛莉大概肚子饿,在天井里闹得很厉害。玉云丢了一百多块钱的牛肉,心里已乱得很,管不了它,就掉头往菜市场跑。结果问了所有去过的地方,都没人看到牛肉。她只好再买一包。

　　玉云满肚子不高兴地提着一包牛肉赶回来。但是,当她拐个弯,就快到家的时候,她失声地叫:"天哪!"等她再看个清楚,事实已不容怀疑了。玛莉竟然不知怎么跑出来,在门口跟一只比它小很多的土狗交配上了。玉云飞快地跑进家里,马上拨电话给大胃。她一听到大胃来接电话的声音,就哭泣起来了。

　　"怎么办?你赶快回家来吧。"玉云很害怕地哭着。

　　"什么事?"他只听到玉云的泣声,并且她也没这么软弱过,所以他意识到一定有严重的事情发生。"我就回来。"

挂上电话,玉云趴在沙发上,害怕地哭个没完。十分钟左右,大胃开车到了家,一走出车门,他就看到了。本来在路上是担心着玉云,听她哭得那么可怜。不知遭到什么事,同时替玉云想了许多优点出来。哪知道,他所看到的,并不是玉云的遭遇,竟然是让玛莉跑出来跟野狗交配。

他一路冲进客厅。玉云见了他害怕地说:

"大卫,对不起,对不起,我也不知道这事情是怎么发生的,对不起,对不起……"

她哭得更伤心。

大胃气不过,走过去,把她拉上来,左一掌,右一掌地掴。连打带骂:

"我事先是怎么给你交代的?你死好了,你死好了……"

"对不起,对不起……"她捂着脸,像小孩子向大人求饶,不停地说对不起。

大胃拨开她的手,又一掌一掌地连着打:

"你这个自私的女人,你怕狗,你讨厌狗,你就存心破坏我,你以为我不知道。你去死好了……"

突然间,畏缩的玉云,把捂住脸的手放下来,挺挺地站起来,眼泪也没有了。霎时间,大胃愣了一下,相当得势的手僵住了,玉云顺手拢一拢散乱的头发,说:

"大卫,你知道你有多可恶吗?"

"什么可恶?"他虚张声势地叫嚷着。

"我再也不愿受你的洋罪了,我再也不……"

"受我什么洋罪?!"他举起手作势威胁玉云。

"你想打就打吧,我不会哭着向你求饶了,更不会用手掩脸。……"

"你为什么让玛莉跟土狗交配?说!"

玉云有这样判若两人的转变,只在一个想法的醒悟。原来这个醒悟的燃放,是玉云在极其矛盾的心理之下,那就是她并没有犯什么错误,又自以为闯祸而陷入惧怕的情形,被大胃的狂妄打击才迸了出来的。她一下子变得很清楚,也知道事情该怎么做。

她冷静地说:

"我倒是要感谢你,刚才我那么害怕地向你求饶,你竟还忍心打我,这才把我打醒了。过去,我一直错怪玛莉,痛恨玛莉。现在,我已经明白了,我因为毫无理由地怕你,也就怕你的兰花,怕你的纯毛地毯,怕你的车,怕你的狗。想起来真可笑,看清楚了有什么可怕的?"

大胃手插着腰,站在那里瞪着她。

玉云又说:"过去的我们不谈,现在我问你,"她停了一停,"你爱我,还是爱狗?"

"爱狗!"大胃疯了似的叫起来,说着掉头跑到里面,手握着棍子往外面跑去。

在门口,玛莉跟那一只在大胃眼里是不知死活的土狗,仍然牢牢地结在一起。许多不死心的公狗,又妒又恨又羡慕地围在附近观望。大胃怒气冲天地跑出来,一手抓住玛莉的链子,一手狠狠地抡着棍子,往享有艳福的土狗打将下去,连着打了两三下,土狗痛苦地惨叫不停,也在痛苦的挣脱下,脱了缘结跑了。这几棍和痛苦的惨叫声,总算教示了其余的公狗,没有什么可妒、可恨和可羡慕的了。它们纷纷夹着尾巴,逃之夭夭。

大胃急急忙忙地把玛莉拴在天井之后,随即开车回去上班了。

玉云从头到尾,冷冷静静地坐在沙发上,为那顿时变得脑筋清楚、变得充实有力的情况,而使她惊喜,又带有一点不可言状的害怕。她默默地打点了一些必要的衣物，当她需要到天井去收几件衣服的时候，她再也不觉得那悬空挂着的花盆，是一个个的诡雷，玛莉她不但不怕，还觉得它可怜，回到客厅的地毯上，也不觉得如履薄冰了。她就是这么清楚起来了。

等到三个小孩子都回来，玉云说：

"妈咪想到大舅舅家住些天，你们要不要去？"

"要——"汉克拍手叫着。

"我们上学怎么办？"祖慰问。

"妈咪可以送你们上学。"

"你会开汽车？"进文问。

"为什么一定要汽车呢？我们可以搭公共汽车。"

"妈咪，爹地不要去，好不好？"汉克忧心地说。

"为什么爹地不要去？"

"爹地会带大狗狗一起去的。"

玉云跟小孩子谈了这几句话，又看到小孩子听说要离家一段时日时，竟然是显得这么高兴。这又使她清楚地意识到，他们对小孩子的教育，是多么地失败了。

到了往常下班的时间，大胃大约迟了半个小时到家。当他一打开门，他发现家里没人在的时候，原本在回家的途中，努力想怎么缓和今天跟玉云的冲突的期盼，一气之下，全都给冲走了。对于用尽心机，一心一意想接养玛莉，本来是一件很具体的，和他想在这外国机构爬升的事业的计划有关，而且是其中的一个步骤，是很重要的。可是，这种具体的重要性，到了最后，只留下所谓重要的印象，而对实际的具体情形都模糊了。也因为这样，所谓的重要性，在想象中不知不觉地被自己夸大，夸大到重要得不得了，神圣不可侵犯。这就是玛莉在大胃的心目中的地位。他认为糟蹋玛莉，在他社会性的本能上，觉得是在糟蹋他的前途，甚至于过去一切辛劳，所以，他不但不能为玉云设想，反认为她是在破坏他的事业。这时在他的心里面，有这样的、半直觉的结论，再加上玉云带走小孩子，也变成了过错。其实小孩子留下，他也一样有理由怪玉云的。他痛恨起玉云，甚至于感到更加厌恶。她走了，不仅没叫大胃焦急，反而壮大了他朦朦胧胧的理由，认为玉云背负了他。不过，这时唯一的一点，还能证明他对玉云，还有一点点的情念的话，那就是，一向对他逆来顺受的玉云，有了坚强的反抗，令他感到十分意外。他胸里翻着翻着，同时，另一方面，今天玛莉的桃色事件，在直觉上，一只不是普通的狗，竟然给土狗奸了的事，令他错综复杂地懊恼而气愤起来。还有,这件事在玛莉的肚皮里面,可能发生的结果,更加叫他坐立不安。

他看看屋子里的四周,看看玛莉,回到客厅,翻开电话簿,寻找兽医的电话。他焦虑地拨着电话。

"喂!仁爱兽医吗?"

"是。"

"有关于狗的事,想请教您。"

"不用客气。"

"狗交配的受精率高不高?"

"很高,不过还要看什么狗?"

"狼狗和土狗。"

"哇!百发百中,嘿嘿嘿。"

"狗可不可以打胎?"

"哇哈哈哈——狗要打胎?不用啦,等差不多三个月后让它生出来就算了。嘿嘿嘿,狗要打胎。"对方的医师好像也跟旁边的人说。

"是这样的,是不小心让它们配上了。"

"那狼狗没什么损失啊,土狗嘛随便让它去生好了,还担心什么?嘿嘿。"

"事情要是这样就好办了!但是刚刚相反,狼狗是母的,是一位美国人送我的,公狗是一只不三不四的小土狗,真冤枉啊,怎么办?"

"怎么办?嘿嘿嘿——"他对旁边的人说,"洋狗被土狗搞上了,嘿嘿嘿。"

"是不是可以打胎?"

"可以,当然可以,可是没人这么做过。"

"那么别人都怎么做?"

"让它生小狗嘛。像狼狗的还可以卖,像土狗的就丢掉算了。嘿嘿嘿,嘿嘿嘿。"

"我想要打胎。"

"你?还是狗?啊哈哈哈,哈哈哈,他说他要打胎。"旁边的人的声音溜进来了。"这个人是男的还是女的?"

"要不要动手术?"

"交配多久了?"

"今天下午两点半左右。"

"打针就行了。这样好不好。我现在没时间,再过半个小时,你再挂个电话,我们联络。"

"好的好的,谢谢。"

"不客气,嘿嘿嘿——"

大胃好像也分享了一些笑声中的快乐。但这快乐毕竟是别人的，等把听筒搁回去，屋子里令人气闷的空气，又重重把他困住了。这时，玛莉撒娇似的嗯嗯汪汪的叫声，不绝于耳，好像整个屋子里，只有这一样东西，他越想越气玉云。

另外一边，仁爱兽医接到大胃的生意之后，马上打电话给药行。

"我这里是仁爱。许药剂师在不在？好久不见。是，是。你那里有没有子宫收缩剂，或是雌激素？喔喔，不不不，我哪里敢？开玩笑，嘿嘿嘿，嘿嘿嘿。是这样的，有个客人说要替狗打胎嘛，嘿嘿嘿——你说应该用哪一种比较好？嗯、嗯，对、对，嗯，是、是，狗命大，看对方。还是有医疗纠纷呀。不行啊。不干。是、是，我也这么想。这样子好了，单单叫你送这一点东西跑一趟是不应该了。请你顺便给我送两盒驱虫药、两打杀虫剂，还有……喔，那还有。对了，综合维生素针剂。一打够了。就这些，麻烦你了。是，二十分钟内可以送来？好，谢谢。"

这时大胃面对的三十分钟，好像是一段真空，坐在客厅，不知做什么好，也没事情做。玉云的事尽量避不去想,也已够惹火了。他拗自己去想他的工作,自然就会想到那些中国人的同事;对他好的,他看不起,他想交往的嘛,人家却看不起他。所以想到这种人际关系,在那小圈子中,他是寂寞的。想到今年可能有机会去一趟美国嘛,由于这和工作成绩有点关系,只要想到和他的工作有关,问题就落到玉云身上,这是他现在尽力想避开的。玛莉的吠叫,又把他拉回怒火中煎熬,就这样,他干等着三十分钟过去。

半个小时一到,他马上跟仁爱取得联络之后,即刻就带玛莉上路。奇怪的是,玛莉一上了车,就安安静静地扑在后座,它的神情,突然跟几天来发情时的情形,完全不一样了。它变得好像很懂事的样子,默默地等着什么来临似的。大胃想,他要怎么给卫门写第二封信,报告有关玛莉的生活呢?

找到了仁爱兽医。当刘兽医一眼望见玛莉的时候,他就看出玛莉是一只杂种的狼狗,头大身大臃肿,呆头呆脑的样子,一看也知道它是没受过体能和技能的训练,要是抛开顾客的条件,玛莉在刘兽医的眼里,是一条一文不值的俗狗。本来刘兽医是一位心直口快的人,要不是他也有纤细的部分,使他脑子转了一下,把话压回去，不然的话，恐怕大胃会为他的洞察伤害。刘兽医看到他对玛莉的小心，又想起他电话中的话，一再强调玛莉的名贵，是美国人送的，不小心被土狗交配上了，愿意为狗打胎等，根据这些意思的结论，刘兽医自然把玛莉当名狗了。这样做的最大一个原因，医疗费才能要得高。

玛莉在看起来手续很繁复的情形下，打了堕胎的本剂之外，还打了综合维生素。还有他本人作为一个行家的对狗的赞美词，同时推销了一套整容梳理具和洗剂。最后再交代一些照顾名狗的种种。

"谢谢，谢谢。"大胃感激地说。

"有什么问题就打电话来。"

大胃才把玛莉拴在天井，回到厨房想找点吃的，玛莉突然不寻常地叫起来，并且跳来跳去，挣着链子的声音，可听出来很出力。他赶紧回到天井看，刚才在车子上觉得玛莉很安详的那一份神情，完全没有了。它恢复了野性，痛苦地挣扎着。

"Mary, what happen？"大胃关心着它，但是看玛莉用力咬着木头呻吟的样子，害他不敢走近。这时，他又看到玛莉的阴部，流出一些带血的液体，还看到玛莉的下半身不停地发颤。

大胃马上挂电话给仁爱兽医。

"这种情形，到底是怎么样？你刚才怎么没说呢？"

"没关系，这是正常的，你不要把打胎看得很轻松就是了。"

"真的没关系？"

"再过半小时，看情形怎么样，你再给我电话好了。"

当大胃把电话挂断，刘兽医马上接着拨给许药剂师，眼瞪着从垃圾桶捡回来的小盒子，说：

"喂！你不是给我雌激素吗？"

"是啊！"

"我完全相信你，结果我看也不看就用它了。现在好像弄错了。"

"我给了你什么？"

"子宫收缩剂。"

"其实也没什么关系！你用了多少？"

"全部，我想狗的体力比人强嘛。"

"这是你的本行问题，你最清楚。"

"你给我送错药,还说风凉话,等着吃香肉吧,嘿嘿嘿,嘿嘿嘿,听说狗痛苦得很厉害。"

"你知道的,死不了,可能效果更佳。"

"嘿嘿嘿,嘿嘿嘿——"

大胃守在玛莉的身边,看着玛莉几阵剧痛过去了,现在它侧卧着,大胃抚摸着它,看它肚尾的地方,规律地抽动。同时,玛莉也会伸出舌头,轻柔地舔着大胃的手。

这时,大胃依稀又听见,玉云说:

"你爱我,还是爱狗?"

原载一九七七年九月廿至廿七日《中国时报·人间副刊》

甘庚伯的黄昏

"你该知道我是你的老奴才,到现在我还得给你动屎动尿。"

去年，在这块土地上掉落下来的草籽，到今年三月间的一个早晨，全都探出头来，顶着摇摇欲坠的露珠，在微微的晨风中摇曳。

连着几天晴朗的日子，野草的新芽喝过几颗露珠以后，这段时间，在粿寮仔农家的心目中，只是一眨眼的工夫。本来大部分呈现灰色砂砾地的花生园，却已变得一片青翠。他们不慌不忙又等了几天，当这些杂草抽身得比花生苗还高一些的时候，所有农家的五爪耙子都给搬了出来，大大小小也都为了除杂草而出动。

要除去四分多地花生园的杂草，是足够让一个年轻力壮的农夫，忙上五六天的。何况一个孤独的老年人，有这样一块地，整年够他除草、施肥、驱虫害、收获、翻土、播种等忙个不停。而这些农事，都得弓着身子卖力，所以早几年前就叫六十多岁的老庚伯，变得弯腰驼背。也因为这些无法叫他停息的农事，使他不为其他事情伤感，并且在他那枯干了的脸上，也经常因收获、播种、发芽、开花、结实等的一串生机的现象，逗得泛起笑纹来。

不到几天的光景，整个粿寮仔溪埔地的花生园的杂草，都给连根拔了起来，抛在炎炎的日头底下煎晒。隔日，花生园的园头园尾，堆积着一小堆一小堆的干草，被点起火烧。那乳白而又带有一点鹅黄色的浓烟，在粿寮仔的田野里，扩散着季节性的干草香味。

老庚伯在园里闻到这种干草的烟味时，心里微微地起伏着似急而又不急的波动，频频抬头打量着前面，还有两分多地没有除草的花生园，估计着还要多少的工作日子。他挺起身走了过去，提起缺了嘴的土茶罐，把罐盖子倒过来拿在手里，用中指抵住透气孔，颤颤抖抖地倒满了茶水。他咕嘟咕嘟喝了两口，突然觉得肚子里有点胀胀的，这时才想起刚刚才喝了一大碗。他把剩下来的茶水，小心翼翼地倒回茶罐，责怪自己的健忘，转而又意识到心里那股似急而又不急的起伏。他心里想，只要不下雨，多延几天也没什么大不了的事。随后不安地咕哝自语："不会吧？这样清朗的天气，从哪里来雨？"一阵凉风吹过，他的身体骤然起了一阵抽缩。他又想，天想做的事谁会知道？一时愣在那里的他，好像被什么赶开似的,一下子默默地走回原来工作的地方,拿起耙子耙松砂砾,然后蹲下来把草间拔起来。那久已浸渍在汗水中的黑布衫,尤其在两条弯弯拱起来的背肌上,给张得紧的地方,结了一层微薄的细盐,有一点点微弱的闪烁。

当老庚伯打算近黄昏凉爽的时分多做一些事儿的当儿,突然觉得后侧有个人影站在那里。他回头一看,原来是顶竹围厝的小孩子,名字却一时叫不出来。同时也记不起来到底是阿松的孩子,或是阿楠的,说不定是阿樟的。反正是顶竹围厝老德的孙仔准没错。但是看到小孩子好像跑了一段路气喘着的情形,和不知道为什么惊慌的模样,一时也叫他愣了一下。小孩子喘得说不出话来。在这样愕然相对的情形下,虽然经过短短的瞬间,却使双方的内心焦灼起来,按捺不住心里头的紧迫,急着想打破眼前僵愣的气氛。

"发生了什么事?"

"我……我阿爸……叫……叫我来的……"

"你阿爸是谁?"

"阿楠……"

"噢——"老庚伯笑着说,"你就是阿辉嘛!你们兄弟长得像粿模子①印出来的……"

小孩子连连点了头说：

"我爸在广兴店仔那边，叫我跑来告诉你。说你……你家的阿兴在店仔街那里疯得厉害。"

老庚伯一听到阿兴，像触了电般全身都痉挛了一下，然后以非常滞重的声音，像是自言自语地说："又给他跑出来了！"他接着问阿辉，"有没有怎么样？"

阿辉马上想到阿兴赤裸裸的在店仔街那边，吓跑了许多女人的情形，突然忍不住地露出尴尬的笑容说："疯得没穿衫②、没穿裤子。"阿辉看到老庚伯似乎因为什么痛苦掠过而有点变形的脸孔，强制自己收敛了僵在脸上的笑容。

老庚伯把手里的铁耙子，往地上咔嚓一丢，顾不得脚底下的花生苗，径直跑上了小路，一路往广兴店仔奔去。阿辉也默默地跟在后头跑。

---

① 粿模子：印粿的模子。"粿"是广东潮汕、福建、海南、台湾等地区一种传统的地方小食，"粿"因加入各种配料而衍生出各种名称，如甜粿、菜头粿、草仔粿、芋粿、白粿等。"粿"的制作需要花费时间，并非日常家庭主食，是通常只有在年节时才会特别制作的糕点，用来作为祭拜的供品。
② 没穿衫：闽南方言，意思是"没穿衣服"。

当他们跑过两道堤防，经过榕树下土地祠到牛寮时，远远落在后头的阿辉，心里感到十分惊讶。万万没想到这般年纪的老庚伯，身体又是驼得那么弯曲，竟然能跑这么远又跑这么快。并且看那样子，他是越跑越快的。五年级的男生跑输一个老人？他想赶上老庚伯。

　　老庚伯再跑过雷公池，一出两边的竹抱就是店仔街的车路③。但是越近店仔街，心里越是慌恐。生怕就在这段短短的一段路的时间，不知会发生什么事，他想，别人伤了阿兴，或是阿兴伤到别人，都是很不好的事。他有点怨自己已经年迈得脚步不健。在雷公池放牛泡水的几个人，有人看到老庚伯跑过来时，向他大声地喊说：

　　"老庚伯，你家阿兴疯得不穿衫裤噢——"

　　"我……听说啦！"老庚伯的回答恐怕只有自己听到。他喘得没气力再说话了。

　　当老庚伯跑过他们身边，其中一个向其他的人，同时也有意无意地想让老庚伯听到，他惊讶地说：

　　"哇！老庚伯实在勇健。看他！跑起来像牛起浪，

---

③ 车路：闽南方言，意思是"马路"。

连地都会震呢！池里的水也漾起水纹呢！"

其他人望着从身边跑过的老庚伯，而对那句话的比喻，一点都不觉得过分，大家心里颇有同感。他们的目光尾随老人的背影，一直到他消失在竹抱才收了回来。阿辉在后面，一手插腰，慢慢地跑过来。池边的那些人，看到阿辉就问他说："老庚伯是你去叫的吗？"阿辉累得只能向他们点点头示意。其中有人打趣地叫嚷："哇——"声音扬得特别高，"阿辉恐怕累得灯芯火都吹不熄了。"

广兴店仔街的地方，阿义最先看到老庚伯跑到。因为老庚伯就从阿义的面摊身边的巷子路跑出来。阿义像报告什么特别消息，大声叫嚷着："老庚伯来了！"这一声叫嚷，引起短短的店仔街的人，都往面摊子这边掉转过头来。老庚伯一跑进店仔街，虽然已经没气力说话，但是许多人看了他，焦灼地东张西望的样子，有好几个人抢着告诉他，说阿兴就在碾米间的空地那里。他停都没停，一直向碾米间跑去。在他快到碾米间的时候，突然听到有人喊：

"你们这些野孩子,再留下来凌迟④阿兴吧!老庚伯来了!"

几个半信半疑的小孩子,从拐角的地方探出头一闪,一下子一窝蜂地散开了。那个人望着跑掉的小孩子:"好胆仔⑤就不要跑!有种就留下!"他转过来对已经跑近的老庚伯说:"这些没人教示⑥的野孩子,连喝都喝不听。叫他们不要凌迟阿兴,讲了鸟子也不理⑦。"并且指着地上的一些东西,"看,用烂番石榴啦,田土石头粒啦,扔阿兴扔得满地都是。"老庚伯无法和他说什么,看了阿兴赶紧走过去。阿兴见了老庚伯马上就蹲在墙边,把头埋在双膝之间缩成一团。老庚伯一手扶墙,一手插腰,把头垂得低低的,在呼吸间每次吐气的时候,几乎都要碰到阿兴的后脑勺。此刻他急促的喘气未恢复均匀之前,是无法做别的事情。可是看到跟前的阿兴,并没有什么不对,也就安心得多了。不过不管他的呼吸多急,他想马上换下自己的黑布衫,把阿

---

④ 凌迟:闽南语言,指调皮捣蛋折磨人。
⑤ 好胆仔:闽南方言,意思是"如果胆子够大的话"。
⑥ 教示:闽南方言,家里的长辈、老者教育幼者,称为"教示"。
⑦ 讲了鸟子也不理:闽南语的表达方式,意思是"讲了都不听"。

兴的下体围起来。这时候，他稍一转头，看到背后围了不少看热闹的人，并且也开始清楚地听到他们的谈话。而那些人的谈话，也好像有意要让老庚伯知道他们对他的关心。

"好久没跑出来了呃。一年多都有了吧！记得好像是去年的祖师生拜拜⑧的时候……"

其他人好像从这一句话，记起了什么好笑的事，很多人都笑出声来。

"不过人家阿兴是文疯，才不像顺安那个疯伯……"

那个人的话还没说完，又一个人抢着说：

"哟！说到顺安的疯伯，那可真吓坏了顺安的女人。他动不动就抓女人家的奶，抓得女人满街吱吱叫。"

"那个疯伯力气大，听说他是过去武馆选手呢。有一次他家人央了几个好汉来捆绑，结果那些人反而被疯伯打得东倒西歪。"他们顺着话题漫谈。

老庚伯把扶在红砖墙的手，放下来挺一挺身，深

---

⑧ 祖师生：民间的一种信仰，指祖师爷诞辰日那天，一般民间都会有热闹的祭拜活动。拜拜，指的就是祭拜的时候。

深地呼吸，心里的紧压一时才宽松了不少。但是，一等他蹲下来和阿兴并在一起的时候，那段才消失的内心里的紧压，又突然堆上来，使得他不得不连连又深深地叹了几口气。老庚伯伸出左手，抓紧阿兴那浓密乌黑的长发，把他那深埋在双膝间的脸孔，拉了出来扭向自己。然而，当他们父子的目光相触的一刹那，老庚伯叫阿兴那清秀的眉目，和那苍白而带有高雅的受难的脸孔，大大地吃了一惊时，内心那股紧压，越发高涨了起来。现在他才发现，他从来就没有这般靠近，而专神地注意过阿兴的颜面。尤其在他触及那一对清澈透底的，有如无任何杂念的稚童的瞳眸时，一阵冷震的微波，肃然滑过脊髓，突然令老庚伯感到，自己萎缩得变成渺小的微粒，掉落到那清澈瞳眸的深潭里，叫他觉得他的心灵已经接近到什么似的，脑子里一时落得空空的，只是心里那么无助而虔诚又焦灼地直喊：＂天哪！天哪！＂但是，这种一时令老庚伯对自己的肉体无感无觉的境界，却给阿兴此刻无意牵动嘴角的笑纹，一下子给弹了回来。他放松了抓紧头发的手，有点怨怒地说：

＂你这样凌迟我还嫌不够吗？衣服到哪里去了？＂

他回头看了看，站了起来，准备脱下自己的黑布

衫。他向背后围看热闹的人央求说:

"好心⑨,你们不要围好不好?"

人群里面的大人,有人大声说:

"小孩子都走开!"

"对对!小孩子都走开。有什么好看?"另外还有大人说,"还不赶快走!"

小孩子望着那几个大人慢慢往后退了几步,又站在那里不动。围看热闹的人,变成大人在内、小孩子在外的两层而已。

刚才吆喝的大人又叫起来了:

"还不走开!我要告诉老庚伯,是谁用石头丢阿兴的呃!叫老庚伯把你们的手折断,像杀鸡鸭那样,反插在肚子里面⑩。"

小孩子里面起了一阵小内讧。他说他、他推他地指来指去。

老庚伯有一点不甘阿兴被小孩子欺负地说:

---

⑨ 好心:闽南方言,"发发善心"的意思。
⑩ 在台湾和闽南地区,民间过年过节时杀鸡鸭,要将鸡鸭的腿反插到肚子里面,再放到锅里煮,煮熟的鸡鸭只有是完整的,才能祭拜神明。

"你们这些小鬼真糟透了。他是疯子你们又不疯,干什么理他嘛!"

说时老庚伯的眼睛随意望着一个孩子。那孩子吓得连忙说:"我没有,我没有。不是我。"

说着眼睛一直盯住身边的另一个,想向老庚伯做个暗示。

"没有最好。"老庚伯说。并且正想把解开扣子的黑布衫脱下来时,碾米间的荣坤拿出一个麻袋和一条草绳,说:

"老庚伯,麻袋借你。明天你出来时拿给我就好了。"

老庚伯接过麻袋,替阿兴把下半身围起来。那些围看热闹的人的谈话,绕着阿兴一直谈个没了。

"阿兴疯得久啰!"

"十年都有吧?"

"十年?"老庚伯一边替阿兴结草绳,一边拉高声音说,"二十五六年啰!"声音又降得很低:"十年!"像是受了委屈似的,又像是计较少给了他什么。

"有那么久?"

"怎么没有?台湾光复几年了?光复后第二年从

南洋回来就这个模样了嘛！"老庚伯显得无可奈何，而又怜惜地说："嗯——我们把一个好好的人交给他们，他们却把一个人，折磨成这个模样才还给我们！"阿兴有一只手动不动就去拉拉草绳，使得老庚伯结了几次都结不好。"你怎么啦？你……"心里想气也气不起来。"我们快回家吧！你还想留在这里现世⑪。"

"倒是很听你的话。"旁人说。

"再不听我的话，那要叫我怎么死？"老庚伯苦笑中，多少还带有一点安慰。"走。回家。"

阿辉默默地跟在老庚伯他们的后头，脑子里回忆着他第一次怎么冒险去看阿兴的情形。

短短的店仔街，他们都出来望着他们父子两人，纷纷交头议论。

"也只有遇到老庚伯这样的人。人家疯子是疯子，但是给他养得勇健得很。"

"啧！做人也是如此如此！像老庚伯做人这么善良，命运却这么歹！"

"就是。孤子来这样，老伴又来死⑫。"

---

⑪ 现世：闽南方言，"丢人现眼"的意思。
⑫ 大意为"独子都这样变疯了，老伴又死了"。

"天公实在是太没有眼睛……"

老庚伯又听到另外一堆人说：

"疯应该会好啊！人家某什么人，也疯得厉害，比起阿兴疯十倍。后来送去疯人院关三个月，人家现在好叮当⑬。"

"哎哟！请神跳童乩，叫道师作法，老庚嫂去菜堂吃斋，西医汉药，松山疯病院，任你讲哪一项老庚伯没试过？他老人家勤俭累积，有一点钱就投到这无底洞里去。"

"也真是的！"

这些路旁话，虽然只说到一两分，但一点都不假。这些话里面，不是可怜他，就是赞佩他。命运对他到了这等乖戾的地步，他苦撑下来，得到乡邻的尊敬，想起来也很值得。他把耳朵掏得灵灵的，一字不漏地拣着路旁对他的议论。过去像这一类的话，也听了不少，可是就没有今天听来的这么安慰。无形中积压已久的颓伤，被此刻听来的这些话，在内心所发生的愉悦，拂去了许多。而心情上那股陌生的振作，有如老庚伯已下定决

---

⑬ 好叮当：闽南方言，意思是"好得很"。

心，拥有了一切从头再来的气势。

老庚伯看了看围在阿兴下半身的麻袋，心里觉得在人这么多的店仔街，要是草绳一松，岂不是弄得大家都很尴尬？他赶快伸手到阿兴的背后，抓紧草绳的结头。

"阿庚仔。"一个与老庚伯同辈分的阿婆，以尖锐的声音叫喊着。老庚伯猛一回头。

她接着说："你家阿兴未是疯，你比他更疯[14]！"老庚伯突然愣了一下。那人又说："你怎么用麻袋和草绳围阿兴？"老庚伯经她一提，心里也明白了。"你死了，阿兴才替你披麻戴孝还未慢[15]咧！"路旁的人也都笑起来了。

"呀！管他去。"老庚伯虽然一向很相信好歹头彩，但是这个时候，这样又奈何？他心里这样想。

"你老颠颓[16]了，这样没体没统！"阿婆看到老庚伯还是那么无所谓的样子，觉得很失望。

老庚伯很能了解阿婆的好意，只好对她笑着说：

---

[14] 未是……更……：闽南方言中，表示后面比前面程度更深的关联词。
[15] 未慢：意思是"还未晚"。
[16] 颠颓：闽南方言，表示患老年痴呆了。

"要是他真的会替我戴孝,那总算天有眼睛了。我死目也甘愿瞌啰[17]!"

阿婆被老庚伯这样的回答,骇得有点惊慌,而哑然惊愕不知怎么才好。

这时,老庚伯突然由戴孝的话想到两年前老伴死的情形。明明就要断气了,还十叮咛八吩咐,叫我对阿兴无论如何都得吞忍[18],以后才要保佑。"保佑!保佑个屁!保佑?"他自言自语地说。

他们从阿义的面摊拐入竹抱小路,老庚伯接刚刚所想的,向阿兴说:

"你母亲对你那么疼痛[19]!她死的时候,要你这个孤子披麻戴孝,端香炉送出殡,你却疯得更厉害!害你的母亲一柩棺木抬出门,一直伐不开脚[20]。嗯!跟你说有什么用?不知道的人还以为我也是疯子。"

阿兴还是老样子,半句话也没有,一点表情也没有。若无其事地一边走,一边东张西望。老庚伯吃力地

---

[17] 我死目也甘愿瞌啰:大意为"我死了,眼睛也甘愿闭上了",引申为心满意足了。
[18] 吞忍:闽南方言,有苦得吞下,有罪得忍受。
[19] 疼痛:闽南方言,"疼惜爱护"的意思。
[20] 伐不开脚:"迈不开脚"的意思。

侧着头，仔细地看着身边的阿兴，好像努力想去发觉什么。阿辉仍然默默地跟在后头，想着第一次冒险去看阿兴的事：

那是一个天气很热的晚上，屋子里没有办法睡觉，好几家小孩子都聚集在晒谷场玩。母亲听到小六叔说："走！"她就叫："阿辉——我们还小，我们不要去。"阿辉一边走一边想着。但是当老庚伯和阿兴讲话的时候，他觉得很好玩。于是暂时打断思路，专神听老庚伯对阿兴说些什么。

"你……"老庚伯想说什么一下子又停下来。他深深地吐了一口气，摇摇头又沉默下来。但没走几步路就开口了。"你知道你今年几岁了？"他看看阿兴。

阿兴仍然是若无其事，自己做自己的，永远是那么自在。

"比死人更惨。疯了又哑巴。但是人家哑巴也会巴巴叫啊！你这算什么？"老庚伯很温和地说，只是一直带着无可奈何的样子。

"你才不会知道你几岁咧！你今年四十六啦——四十六人家命好的，已经做阿公了。四十六！"他又侧着头看看阿兴。然后好像想到什么，转变成一种认真的口气，当阿兴不是疯子似的说：

"阿兴，你今年四十六岁了呢！"

老庚伯停了一阵子，好像替阿兴回答他自己：

"四十六好像四十六。六十四也一样！"

他自己笑了笑。

"真的嘛！还笑什么？"一种责备的口气对自己说。

"我知道。我只是这么说说罢了。"他还是笑着。"我看你连我是谁都不知道了吧。哼？"他低着头好像什么都没看见，也不想见到什么地走着。有一段的沉默，叫跟在后头的阿辉正感到奇怪的时候，老庚伯又疑问地哼了一声，而后不慌不忙地侧头看看一直和自身以外的一切，隔着遥远的无法里计的阿兴。老庚伯心里掠过淡淡的凄凉说：

"谁？"老庚伯停一停，"好像很面熟吧？"他淡淡的笑纹僵住了。"你根本就不知道我是谁！"这时，他突然想到上个月阿兴在家里发了一阵疯，把木栅圈里的马桶打得稀烂，屎尿溅得满圈子的地上和墙壁都是，害老庚伯弄不出头绪来收拾。但当他忍气吞声地在打扫圈子的时候，一转眼，阿兴不见了。他心想这里没收拾好,又到哪里去搞一摊什么的?一急之下心狂火热起来。他奔到厝前厝后,喊破了嗓子找阿兴。结果在竹桥那边找到了。那时阿兴正站在竹桥的中央,手扶在把杆上拼命地摇。要不是老庚伯及时赶到,恐怕连人带桥都会落到河里。老庚伯一上来喝止阿兴,举起拳头想揍他一拳,然而拳头却重重地落在自己干瘦的胸脯。在一阵剧痛的刺激下,连续又捶了几拳,使得老庚伯一时为自己的命运,怨叹得泪都掉下来。阿兴却站在一边,好像只有他一个人在那里,什么事情都没发生。"你根本就不知道我是谁!"想起这件事,胸口还隐隐作痛。

"你该知道我是你的老奴才,到现在我还得给你动屎动尿㉑。"

老庚伯感到右手有点痉挛乏力。他重新用力抓紧阿兴身上的绳结,一边顺手推着阿兴赶路。虽然明知道与阿兴的谈话,无法得到回答,但是由于自己片面的近于自嘲的猜测,而不能真切地触及阿兴的内部,转而变成急切地想知道自己本身来。这是他未曾有过,而且很自然地设身旁人自问。想到自己的年纪,哟!真想不起来

㉑ 动屎动尿:闽南方言,"端屎端尿"。

这几年是怎么过的。不是六十七,就是六十八。我看一定有加无减。他又侧头看嘴里念念有词的阿兴。

他是我的儿子阿兴啊!在注视间,脸部的表情渐渐地露出疑惑,而后又僵化成痛苦。老庚伯好像一下子忘了现实最贴身的部分,一时渴望阿兴听他说话。

"阿兴,你还记得吗?"老庚伯望着路面,说:

"我们两人打算在溪尾的沙洲开垦的那块地,现在给再添他们耕了,六分多地,人家一年一季土豆、一季番薯,一年笑两次,笑得嘴巴咧海海的[22]……

"你回来之前,我的胃病痛得死去活来。他们一直劝我去检查,但是我没去。我知道胃一定破了一大孔。去检查医生一定要我开刀。哪有那么简单?一来没钱,二来你不在家没脚没手[23]……

"嗯——以为你回来什么都会改变的。哪知道你却变成这种模样回来!要不是我到基隆港接你,你连我们家在哪里都不知了……

"很奇怪!你一回来,我的胃就渐渐不痛了。后来根本就不再痛了。这就不能怪天不保佑姓甘的啊!不然

---

[22] 笑得嘴巴咧海海:闽南方言,笑得嘴巴咧开得大大的。
[23] 没脚没手:闽南方言,表示没有人手。

这怎么说……"

他们已经在两道堤防间的溪埔地行走了。

"几年来溪床高了很多,浮出几块沙洲。我们粿寮仔人,每一家都多少分些地开垦。唯独我们家,看你这种模样,白白地把我们的份让人去耕了……"

老庚伯想到什么就说什么,看到什么就说什么,滔滔不绝地根本就不考虑阿兴听不听他说。但是不知道在什么时候,老庚伯已经沉默下来了。跟在后头的阿辉,发觉他们的沉默时,好像已经有一段路了。老庚伯还是平常那种样子,身体弓得厉害,头低低的,像野兽把鼻子贴在地面搜寻猎物气味,犁着滞重黄昏的氛围,抓紧绳结的右手,横在阿兴的腰际,僵直地成了阿兴的一部分。阿辉望着他们父子的背影,又回到刚才的回忆,想起他第一次看到阿兴,受到惊吓的经过。

就是屋子里热得不能睡,外面又没有一丝风的晚上。才和早稻差不多高的阿辉,紧跟在六叔他们的后头,走快捷方式穿过几块稻田。当然这只有在晚上才敢,不然把穗粒碰落地,大人会打的。阿辉穿过几块稻田,很快地就钻进老庚伯的竹围里面来了。七八个小孩像要偷袭敌人的阵地,悄悄地来到老庚伯的屋后。他们一眼就看到牛栏隔壁像大监牢的房子。那是一面连着房子的泥墙，三面用七八尺高、碗口大的刺竹竿，像围栏栅那样围起来。有些地方还用和刺竹竿差不多大小的树干替补。但是在这样昏暗的夜晚，没靠近是无法看清楚什么的。他们一点一点地走近，一直走到每一个人都把手扶在刺竹筒，脸孔也都满满地埋入刺竹与刺竹的间隔之间。这样他们看阿兴就可以看得清清楚楚了。这时候四周很静很静。牛栏那边不时可听到牛尾和牛蹄的动静。阿兴坐在一张很简单的床上。一个很大的影子显现在阿辉眼前。就这样看得不知该做什么的时候，阿兴非常突然地喊叫起来，不停地喊着日本兵的立正与稍息的口令。这是他们经常在家里，或是经过这附近时就可听到的声音。但是像这样靠近，听到这样大声，在他们来说都是第一次。尤其是阿辉来都没来过。所以在阿兴突然喊第一句口令的时候，小孩子们骇得赶快缩头就跑。只有阿辉一时想缩头，却给刺竹夹住了。想到这里，这时的阿辉看看阿兴的背影，心里还有点惊悸，同时也觉得好笑。

就在这个时候，老庚伯换左手来抓紧阿兴腰间的绳结，当他整个人换过来阿兴的右边时，他才看到阿辉跟在后头。"阿辉。"老庚伯不为什么,叫了小孩子一声,并且对他笑一笑就转头过去。但是才走了三四步,老庚伯很吃力地横斜地转过来走着说:"阿辉……"他带着无忧的笑容,"你还记得你四五岁的时候,有一个晚上给我们这个疯阿兴吓病的事吗?"

阿辉由刚刚自己的回忆,所引起的内心的惊悸,还未平静下来,老庚伯又同时提起这件事的巧合,使阿辉大大地惊讶与眩惑起来。阿辉呆了。

老庚伯大概横斜着身子走得吃力,他又转回身,像一张犁给拖着走那样,把声音提高一点,说:"后来你母亲来给我要一束阿兴的头发,一半泡在洗澡水里替你擦身,一半用红丝线结起来挂在你的身上,这样你的病才好起来咧!"他忍不住似的笑起来。"你忘了?你一定忘了。好久好久的事呐。"他看看阿兴。"阿兴根本就不知道。"

接着声音越说越小,说了什么阿辉就没听清楚了。

"阿辉,你过来这边。"老庚伯的右手,指着他的身旁。阿辉悄悄地赶了几步,走在老庚伯的右边并排着。老人家把头稍微一勾,倒着看阿辉:"阿兴也和你一样识字。不过以前广兴还没有学校,他是到街仔去读的。天还没亮就和你父亲阿楠他们,一道涉溪到街仔读书。他写得一手好字,老师经常都在他的本子上画三个红圈呢。"他又勾头看一看阿辉。"你写字都得几个红圈?"

"没有。"

"没有?"老庚伯很惊讶,"一个红圈都没有?"这次他侧身看着阿辉。

"我们不画红圈子……"

"那你们画什么?"

"我们老师给我们画甲乙丙。"

"呃!甲是最好啰!"

"甲上。"

"那阿兴得的三个红圈就是甲上。"老庚伯说完,就想到阿兴的小时候,每次都把那圈有朱红的三个圈子的本子摊开在他眼前,接着就向他讨角子㉔的事。"你这孩子,书是你读的,三个圈也是你的……"想到这,老庚伯的眼睛有些湿润了。

阿辉有一点不懂老庚伯的意思,但又不敢问他说

㉔ 角子:这里指零花钱。

什么。

"阿辉,你在溪里捉过毛蟹吗?"

"没有!"小孩子停一下又说,"没见过。"

他们正在堤防间,干涸的溪埔上走。

"当然,这怎么会有?半滴水都没,哪来毛蟹影子!"老人家带几分慨叹说,"早前哪里是这样子!好几条溪水滚滚流。阿兴放学回来,经过这里,随便翻几个石头,回来就是一串大毛蟹。尤其是冬天,每一只毛蟹,壳一掀开,蟹黄满满的,每天吃得嘴箍黄黄,连屁股也漏出黄油来。真不了解,那么多的毛蟹都到哪里去了?"

"我爸爸也捉过。"

但是老庚伯好像没听到阿辉的话。他们三个人静静地踏着石砾路走,石头的相碰声,沿途清脆地紧跟在他们的后头。

"阿兴啊,你要是过头条溪沟,千万不要单独一个人过,一定要结伴才可以。"

小孩觉得这句话是在向他说啊!怎么老庚伯叫阿兴?阿辉向老人家看了一下。

"头条溪沟最不是地方。早前木养的孩子、永裕的孩子,还有街仔的小学生来远足,有好几个都给流走了。"

"我爸爸也说过。现在没什么水了。"

"是啊。我是说以后有水的时候要仔细。"

"那时候日本人最铁齿㉕,无神无鬼㉖。我们庄头想在头条溪沟演一棚戏,无论怎样都不准允。"老庚伯又说:"阿兴,要是有消灾破煞的戏,刚开始有一个黑脸出来乱蹦乱跳的那一场戏,小孩子千万不能看。要是无意看到了赶快摘一片青叶子,衔在口里就没事。小孩不能铁齿。"

阿辉又发觉老庚伯叫他又叫成阿兴。他看面对地面走路的老庚伯,回答说:

"我妈妈也告诉过我。"

他们又沉默下来,紧随在后头的石头相碰声,到了堤防也就没了。他们爬上堤防,老庚伯稍做停留。他远远地看到自己的花生园,看到自己的家,也看到小屋顶上硕大的落日。

㉕ 铁齿:闽南方言,指顽固不化,愚昧,听不进别人的建议。
㉖ 无神无鬼:闽南方言,带有骂人的意味,意思是"跟疯子一样,做事情不光明磊落"。

当他们站了一会儿慢慢滑下堤防的这一边,夕阳却从小屋顶上跳上前面的苦楝树梢。他们仍然默默地走,而落日已从树梢落到树干,显得比刚才看到的还大,好像他们越走近了它。

"阿兴。噢!不,不。阿辉。"

老人家这次意识到叫阿辉叫错了的时候,他笑起来了。他说:"我央[27]你到我们的土豆园,去把我们的耙子和土茶罐带来好不好?"

阿辉说一声"好",很快就离开了小径,往老庚伯的花生园跑去。

"阿辉——小心踩到土豆苗。"老庚伯看到小孩那么轻快地跑去,心里不安地大声叮咛着。

他在这时候,又换了另一只手抓紧阿兴腰间的绳结。看了看阿兴,吐一口气说:

"你母亲也吩咐我在傍晚时分,多带你出来田头田尾走一走。"多少带有一点歉意的口吻,"但是你看!我哪里有时间?人家的土豆草都拔光了,我们的还有两分多地还没拔。"这时老庚伯的脑子里浮现出自己豆田

---

[27] 央:闽南方言,请求帮助的意思。

的青翠的豆苗，迎着微风抖抖向上颤动的生机，露出被什么逗弄出来的笑容说："我看今年的土豆可以收一些啦！"

夕阳已经落到地平线了。地平线被夕阳的着点熔了一个火亮的缺口，前面所有的景象，都只呈现黑颜色如皮影戏的轮廓，唯有天空是火红而有些变化。阿辉带着土茶罐和耙子赶回来的时候，远远还可以看到他们父子俩的黑色背影。可是阿辉一跳上小径想赶上他们的时候，笔直的小径正巧对着落日，前面两个黑影子的蠕动，却一瞬间遁失在地平线那火亮的缺口里面去了。阿辉皱着眉，把提在右手的土茶罐，拿到额前遮光直望前面，也看不到他们。他一时心慌，差一些就想喊叫起来。

天很快就暗下来了，粿寮仔村的头顶上，只有几颗疏落的星子，淡淡地滴漏着星光。这个时辰，村子里的人，都清清楚楚地听到，老庚伯抡动铁锤，将长长的五寸钉一下一下深深地捶入刺竹筒，牢牢钉住关禁阿兴的栏栅的横梗上。时而还可以听到日本兵吼着喊"立正"和"稍息"的口令，夹在重重捶击的声音里面，叫这晚的晚风,吹进村子里的人的心坎,特别觉得带有一点寒劲。

原载一九七一年十二月《文学季刊》第四十五期

玩 火

"叫你不要玩你不听,应该!烧死好了。"母亲一边骂,可是一边关心地看着孩子的手。还好,并没怎样。

虽然是暮春,天气却炎热得如暑夏。

平快的车厢里,所有的电风扇都开动了,但是仍有些旅客用扇子拼命地扇着。除了小孩子,大部分的人都被燠闷的热气,逼得昏昏沉沉地松了全身的肌肉,懒懒地把背靠倚着。

火辣辣的阳光,从车厢的西边射进来,被百叶窗遮住了。小孩子再也不为看不到外面的房子树木往后移动而争吵了——父亲为求得孩子的同意,用打火机交换了窗外的风景。

"你这个人怎么让小孩子玩火?"母亲在旁责怪。

"现在你给他,一会儿抢过来一定会哭。看他不是玩得很有趣吗?"

小孩子只能"噼噼"地按着响,却打不着火。他并不泄气,用双手不厌其烦地试着。

"我真不明白火有什么好玩的,只知道对火要特别地小心。"

"等会儿他被火烧痛了手的时候,他就得到了对火必须特别小心的教训了。"

"算了,算了,你别再来啰唆你的那一套自然主义了。你就是在惯小孩子坏的。"

"我建议妻子不应该懂得比丈夫多。"

这一对年轻夫妇都笑起来了。

小孩子在旁边像个科学家,聚精会神地探索,把打火机弄来弄去,是想要发觉其中的奥妙。

火车又从一个大镇走动。上来的旅客很快找到了位子坐下来。刚上车的那副紧张的精神,即刻间就被弥漫在车厢里的沉闷感染,每个人靠在椅上,变得像鱼摊上并排着的鲣鱼。

仿佛不该属于这车厢里的轻快脚步,从头一节车厢走到末一节车厢,再折回来拣一个她满意的位子坐下。整个车厢,经她这么走过一趟,涣散的精神都振作了一时,尤其是坐在她对面的那位先生,完全醒过来了。

皮肤白皙、身段姣好的女人,加上入时的衣饰,就是人们沉闷中所服的兴奋剂。白色的高跟鞋和黑玻璃珠子的项链,在她身上发挥了最大的衬托效果,还有水银太阳眼镜,也增添了她不少的魅力。

今天，她心里头默默地暗喜将获得的丰收。每个星期六下午，她从公司乘车回罗东时，都故意坐在男人之间，凭她的姿色，自然地就可以撩动他们的情绪，等看着他们那种渴望、不安、犹豫、焦灼、粗鲁等尴尬的表情和动作，她心里就有一阵征服了的喜悦流畅。并且回到家里，和朋友一起聊天，这些事情都成了有趣的话题。

上个星期六，那个宜兰的小伙子，坐立不安、不能自在的样子，几次想问她话，却又胆怯地畏缩着，最后鼓足了勇气，说出来的声音竟是纤细颤抖的。她没理他，他羞怯地红了脸，同时怪不好意思地看看旁人是不是在注意他。她装着无意地伸脚去靠他，他动也不敢一动。过些时，稍给他加点压力，他就变得像灌足了气的气球，摇摇晃晃地，只要一断线，马上就会飘上天。结果那人越站跟到罗东，到了收票栅口，和收票员比划着手脚，说了半天。她远远地回头看了这情形，不禁暗笑起来。

也有些脸皮很厚的男人，那种无聊的死缠劲儿，不自量力的怪模怪样，也同样令她感到可笑可怜。她在朋友的面前，批评男人说：

"失去了理智时的男人，只配给他香蕉吃！"

"为什么？"

"猩猩呀！"

今天这个见了她就吞了一口口水的先生，她看中了，心里想：这家伙必定又是一个热锅上的蚂蚁，有好戏可看了。她不慌不忙地正想坐下。

"噢！那椅子很脏。"前面的先生一面说，一面递给她一张报纸说，"这张报纸给你擦好了。"

"谢谢！"她心里一愣，觉得这种强装殷勤的人，一定是色狼一个。她提高了警戒心。

"小姐是到宜兰？——罗东？——苏澳？——"他适当停顿地问着，好让她可以回答，"我想你是大地方的人。"

她没有回答。把脸略微转向窗外，但眼睛却在太阳镜背后睨视他的样子，一边用手帕扇着胸前。

"这种天气真热！"他也扇着扇子，并且让风也扇到她那里，"据科学家的报告，近几年来天气变得愈来愈热，是因为美国和苏俄不断地做核子试爆的关系。"

她把整个脸都转向窗户，不理他的话。

但是过了一会儿，等她再转过脸来的时候，他毫不灰心地换了好多个话题，试想和这位美丽的小姐搭讪起来。

"你是做什么的？"他问起了她，停了一停，又说道，"噢！知道了，不用说，你是时装模特儿！"

她觉得十分可笑，不由得笑起来了。

"被我猜中了吧！是不是？"其实他也知道台湾尚没有这门职业，只是想逗逗她，让她开口说话。

"怎样？不错吧！"

"为什么？"她缄默不住了，好奇地问他，内心多少也感到愉快，自觉得毕竟是因为自己的美丽。

"因为看了你穿着的高贵和美丽的模样，只有这一行职业才合适。"

"你真会挖苦人，叫我不知要怎么回答。"

"你这么说才挖苦人呢！"

两人都笑起来了。

他的目的已达到了；把原有的沉默打破，他觉得这回又是艳遇。而她似乎忘了她本来的意图。就这样，他主动、她被动地一路漫谈下来。

礁溪温泉是他的目的地。但他不甘下车。车也离开了礁溪站了。

"我们谈了半天话,彼此还不知道名字。还是让我先来自我介绍:我姓陈名松年,家住台北某某路二段一二七号,英专毕业,刚退伍不久,现在还没有职业。"他做了这样详细的介绍,为的是希望小姐也能像他这么做。"我虽然还没听你说出芳名来,但是我深信它一定是很动听的。"

听他这等的口才,与这样的外貌,她已失去了以往对男人的警戒心,她迟疑了一下说:

"我叫许月儿,在某某公司,现在回罗东。"

"怪不得你长得这么漂亮。月儿——真是名副其实。"

她不时露出愉快的笑脸,听他说话。

"《相逢何必曾相识》的电影,你看了吗?由金露华和寇克·道格拉斯主演的。"

她点了点头。

"我很喜欢那片子。"接着他对那影片,做了很多有关爱情与道德方面的批评,想在她面前显露身手。

"现在我们不就是——不曾相识而相逢了。我本来预定到礁溪下车,但我真不愿意,我们就这样离开。我也想到罗东玩玩,和我一道方便吗?"

她有点慌张，想拒绝他也不是，怎么才好，她也不知道。她没有说话。

突然，近座的小孩子哭叫起来，原来是被打火机烫了手。

"叫你不要玩你不听，应该[①]！烧死好了。"母亲一边骂，可是一边关心地看着孩子的手。还好，并没怎样。

"哼！再拿去玩吧！"她打亮打火机，拿到孩子面前吓唬他。小孩子很快地投到父亲的怀里，把头埋起来。

"哟！我的爱弥儿。"他幽默地夸张他的表情。她笑了。

火车继续奔跑，沉闷仍然蔓延。沉闷中的人们似乎需要更多更能持久的刺激。

呜——罗东就在前头了。

原载一九六二年五月廿一日《联合报·联合副刊》

[①] 应该：闽南语，活该的意思。

两万年的历史

"所以你是一个诗人,是一个悲观和虚无主义者。"

他一见到我,就伸手激动地紧紧握住我。很久我们才说话。

"请原谅我。都是我不好。"他歉意地说。

"管灵,不要说那种话。除了被剃光头和没有腰带系裤子之外,其他的还习惯。"我头一次唤他的名字,并不觉得别扭。

"你怎么知道我叫管灵?"他很惊讶地问我。

"昨晚你喝醉酒的时候说,你用管灵这名字写诗。"

"我喜欢你这样叫我。"他兴奋地摇着我们的手。"糟透了!昨晚我一定什么都说了!"他突然又想到什么似的,"你能坚持一个自己的观念,不去理睬别人吗?我是说一般人的。"

"当然,我们都能够,所以我们是最倒霉的人。"

"那么这两个星期,不至于完全委屈你了。"他说。

"我想我可以学点什么、体验点什么,在这他们认为倒霉的地方。"

我们的志同道合,像是一个整体,真不想就把手放开。我们都使劲紧捏对方的手,越痛越感到刺激。

"好!我回去工作了。"他放开手,又补充了一句:"要是我们能关在一起就好了。"

我开始真正地认识他了,同时认识了自己;那种天真稚气、异想天开的想象,对事情的演变,总是抱着幸灾乐祸的态度——的确我也是这样的一个人。

卫兵把我押进牢里,许多愁眉苦脸的面孔,都朝着我,跟我转动。我毕竟是令他们惊异的,因为我脸上正显露出不合时地的容光。

事情万万没料到会这样。昨晚——

在我叫的二十只饺子未上来之前,一个不同单位的中尉,不至于醉得忘了低头走进那门。他右手提一瓶太白酒,左手抓一包花生米,摇晃地向我这边走过来。他已醉了,脸色大概是由红而再反白的,每一呼气,都喷出浓浓的酒精味。全身的肌肉已不由他灵巧地控制,当他把花生米放到我桌上时,竟撒了大半在地上,再经他重重地把酒搁到桌上,纸包里的花生米被震出来,一颗一颗地往桌下滚落。他眼眯眯地望着这情形,口里只能"噢噢"地低语。

他似乎没注意到我——也许因为我只是一个上等兵。他和我同桌坐在前面的一张靠墙的椅子,把头、背全靠在墙上,侧向我,两腿半开伸得挺直,看来显得很困倦的样子。但是,不到一会儿,他活跃起来了。

"老板,你不做我的生意了?"他叫着,"快给我一个杯子,要大玻璃杯子。"

"好的——来了,来了。"老板在里头应声。

老板稍停了一会儿,才端出饺子和玻璃杯。这一家营区外的小馆子,里面只有两张桌椅,老板一人包办了一切工作,二十只饺子就够他忙不过别的来了。

"我不要饺子!"中尉说。

"是他的。"老板把饺子推到我的面前,然后一边对他说,"看你又喝得这样烂醉。不要再喝了,我不给你这杯子。你想死可别来找我。"老板也想把他的酒拿开。他坐起来抱着老板咯咯地笑着说:

"胡说!快给我,不然我捣掉你的馆子。"

他们那样子已经很熟了,我虽不能从他们的口音分辨出省份,但我知道他们是同乡的;在他们的每一句话中，都可以听出同样混浊的音韵。

我好奇地望着老板。他很快地意会到我的意思，说：

"这个人就是喝酒喝坏的，不然他是一个出色的诗人，在大陆时还是一个英文老师呢。"

"什么？"他抢着说，"你说我是什么诗人、英文老师吗？哈哈——胡说胡说。"

"不过他是受了打击才这样喝酒。"

老板的几句话，不能叫我完全去了解他；我也没有那种需要。可是，刚才那种鄙视一般酒徒的心理消失了，此刻我已另眼看待了。我在动筷子之前，礼貌地说：

"中尉，请用饺子。"

"噢噢！"他有点忙乱了，向我问道："你喊我中尉吗？唉！一定是这个东西让你说的。"他说着指着他左肩上的阶级。"来！来。你也喝酒。咱们今晚做个朋友。"他把满满的一杯酒搁到我这边来，老板很快地又去拿了一个杯子出来。老板的意思是希望我能帮他多喝些。

"不！我不喝酒。同时我也希望你不要再喝了。"

"不用替我担心,我醒着呢。再来两瓶我还不至于醉倒。来!举杯子来。"他举杯猛喝了一大口,杯子还举在空中,手不住地抖颤。

禁不住他这样邀请,我也喝了一大口,他才把杯子放下。我心里想:好吧!就做一件好事,不让他再喝完这一瓶酒。他得意地夸奖我说:

"好!好!配得上做一个男子汉大丈夫。"

我陪他勉强笑了笑说:

"这有什么嘛!"

"胡说!有好多人办不到好不好?那些人是不配做年轻人的。你知道做一个年轻人,要有四个条件吗?"他凝视片刻,继续说道,"第一Wine,第二Woman,第三Music,第四War。"

"酒、女人、音乐和战争。"在我的脑子里还来不及批判这句话之前,心里已觉得这话够豪爽。我举起杯子说:"我想我们都配得上的。来!干。"我一口气喝干,把杯子倒过来。他只呷了一口,咧开大嘴说:

"真行,我甘拜下风。"他伸过手来和我握着。

"那么,我有资格要你不再喝酒吧!"

"胡说胡说。"我猜他是惯于否定别人的,他继续讲道,"我全身血管里跑的是酒精。我不能没有酒,像一般人不能没有血液一样。"他笨拙地从头上拽下十根头发说:"不信你拿你的头发来我们一起烧,结果我的烧毁了,而你的还点不着。"他高兴地又说:"因为我的头发里也有酒精。"

我尽量多喝些酒,头也开始昏沉起来,人也觉得飘飘欲仙了。我们谈了许多话,谈到酒,谁都有过值得夸耀的豪饮。女人,我不能不说初恋的那一则罗曼史,或是谎言沾淋菌的行话。对音乐他是十分外行的,他绝不可能凭空谈到什么。我们一提到战争,都异口同声地赞美。

渐渐地,我喝酒行善的动机泯灭了,自己的酒胃开了。我要来一瓶红露酒,我们又畅饮起来,但是他的酒量并不大。结果我喝了这瓶红露酒,而他大部分时间都在说话。

"我一向把名利看得很淡泊。我们的生命在无限长的时间里,只是弹指间的一刹那,在庞大宇宙的空间里,仅仅是一粒尘埃。那么,名利算是什么?"在醉意中他也有严肃。

"所以你是一个诗人,是一个悲观和虚无主义者。"

"但是，这个东西……"他没理我的话，把半瓶酒提得高高的，接着说，"它已有两万年的历史了。它经过无数次的天灾人祸，在各种社会制度里，它永远存在，并且喜欢它的、讨厌它的，没有人不认识它，然而，你我呢？"停顿了一下。"仅仅是一粒尘埃，弹指间的一刹那。要是真有佛教所说的轮回的话，再经过几世纪，我们又碰面了。那时候，也许会轮到你提着酒告诉我说：'它已有二十万年的历史了。'"他惨淡地露出皮面的笑。

他的话愈说愈深沉，我注视他蒙着一层灰纱的情绪的眸子，我看到一个孤独的灵魂，在虚无的空间独自低首徘徊。他说他的诗，他曾幻想一个四方的月亮，而他的坟墓就正对着它出来的方向。我一直极力地在一种心灵的空虚中挣扎。但是我醉了。我机械地喝酒，斟酒，再喝酒。

"爱情——年轻人似乎很懂。但我只懂得一点点。"他的眼睛虽然显得没什么精神，视线却落在桌上的某一定点牢牢不移。"那女人叫水——妃。"说完。他痛苦地皱脸，把酒一口喝完。

我们都没有再说什么，直到我们走出马路来。我说：

"我一直觉得胸口很沉闷。"

"我也是。"

"都是因为你那些话。"

他结实地击我一肩膀,他笑了,我更大声地笑。这一笑,我们松懈了清醒的意志,即刻就被酒精的威力控驾,心里一股疯狂的情涛,汹汹地鼓起来,走起路来总觉得两腿悬在空中,始终踏不到实地。

他开始大声地唱起歌来了。我却大声地喊着要路上的行人立正。在昏浊中,我知道我在闯祸。但是,行动是行动,后来来了一辆汽车,我也挺身伸手,拦着不让通行。最后,在我模糊的记忆中,我们好像吸引来许多的群众,他躺在路旁呕吐,我在离他不远的地方,抱住电线杆,高喊:"两万年的历史万岁!"不久,宪兵队就来了。

原载一九六三年三月十五日《联合报·联合副刊》

鲜红虾
——"下消乐仔"这个掌故

时日一久,阿乐仔的头上顶着"下消"两个字,在村子里走动时,再也引不起什么心底里的隐痛。而叫他"下消乐仔"的村人,也只把他当成极普通的名字,叫叫而已。

在粿寮仔这个地方。有一个少年家，傍晚收工的时候，从田里扛一张犁回家，沿途把犁放下来停歇了几下，走在前面赶牛的父亲，忍不住回头对少年责备着说：

"下消乐仔喏！一张犁就把你压扁了！"

有一个媳妇，在井边刚拔完一只猪脚的毛。婆婆走过来将猪脚拿在手里转了一下，然后往盆子里一丢：

"哟！下消乐仔喏！你的眼珠子跟人家换龙眼核都没人要！"

有一群村童在庙前的空地玩陀螺。有一个小孩子握紧陀螺用力往地上一甩，然而竟没把圈死在圈子里的陀螺救出来。他惭愧地往自己的脑勺拍了一下，自责地说：

"啊——！真是下消乐仔！"

就是这样，诸如这样的情形，"下消乐仔"这个词儿，在粿寮仔这个地方，被人拿来当成愚笨、饭桶、没出息、没用、废物之类的意思，成为日常用语融入小村里的文化，由来也只不过一二十年的光景罢了。

一二十年前，粿寮仔村的黄顶乐，患了很严重的下消症头，病前病后一下子使他变成了两个人样。病前村子里的人都叫他阿乐仔，得了下消病以后，村子里的人在他阿乐仔的名字上，多加了"下消"两个字，所以他的名字从此之后，就叫作"下消乐仔"。黄顶乐为什么会患下消病呢？或是男人为什么会患下消病呢？在这个粿寮仔这个地方稍年长一辈的口中，有好几种说法。有人说和有月事的女人行房啦；有的说和坐月子的女人相好啦；还有一种偏重迷信的说法，说是行房后，不干净直冲庙门；等等。总而言之，下消症头好像与过度纵欲有密切的关系；男人色事超常，久而久之肾败、阳气失、失调养，肾亏、阳气绝、元气消，乃导致下消阳枯。阿乐仔之所以患了下消症头，村子里的大人，每个人都觉得事后有先见之明，认为这是必然的事。第一，关于行房后不干净冲庙门的这一点，大家认为相当可能。因为村子里的五谷王庙，正好是黄顶乐家的正对面，只要阿乐仔稍不小心，一万次有一次刚行完房事，突然被猫狗，或是鸡鸭惹气，追赶它们出大门时，就触犯了这个禁忌。第二，关于和有月事的女人，或是坐月子的女人行房，或纵欲的说法，好像已成为铁的事实而不容置辩。村子里曾经有人在闲聊之间，从阿乐婶替黄顶乐生下来六个儿子的间隔做过粗略的考察。老二差老大一岁，但是老三老四并不是双胞胎，却和老二也只相差农历年一岁。因为老三生在元月，老四是同一年的年底生。

老五老六也是肩靠肩紧接着生下来的。阿乐婶的肚皮囊就没空过两个月以上的清闲。要不是阿乐仔患了下消病，阿乐婶的肚皮囊可够她忙的了。一年一凸一凹，就像正常人呼吸那么均匀，这是村子里大家有目共睹的事实。

当时，黄顶乐未罹患下消病之前，经常在一群大男人面前，如果话题涉及"荤"的时候，他常常拍拍胸膛，以能干自居，通常是说得叫在场的人，心里痒痒的，没有一个人不投给他羡慕的眼光。但是，自从他罹患了下消之后，整个人从骨子里面到外头，彻头彻尾地变了，声音也萎弱下来，变成了另一个人。曾经雄心勃勃计划在溪尾挖个池塘养甲鱼的事，早已不再热衷了，简直就像不曾想过这件事似的。大的事不用谈，现在连小的,就说他的卧房吧,泥砖墙有个小老鼠洞,冬天一到,北风就从外面钻进来,晚上睡觉他露出被外的身体部分,常被冻得麻不知觉。几次想弄一团田土和牛粪合起来补它,但是北风走了一年又回来,走了又回来,就是用最简单的方法,弄一团稻草塞在那儿,他都不曾动过。现在正像谚语所说的,老鼠洞变成弯拱门了。过去动不动就找人拿扁担顶肚脐斗力气的身体,也都垮了。原来挺俊的背脊梁,也弯了,一块一块铜铸铁打般的肌肉,也松酥了。整个粗壮的身躯像展开叶子的包心菜,遇到白露蜷缩起来。黄顶乐每每洗澡的时候,看到萎颓得不像样的命根,心里就万分难过。后来连看都不想看了,好像老子对一个没出息的不肖子,无可奈何绝望得不愿多顾一眼的那种怨恨。洗澡一洗到那个地方,随便弄一点水也就算过去。不过这可能太伤命根的心,因此有一阵子引来绣球风,害得叫阿乐仔不能不对这不争气的家伙,特别小心注意服侍。可是这种特别小心的服务,只是被皮肉的痛楚所逼迫的关心罢了,丝毫也不带一点点骨肉之情的。开始时他一直觉得生活不再有什么乐趣了。有怨念的那一阵日子,"下消乐仔"这个别号不说,连自己户籍证记上"黄顶乐"这个名字,也叫他处于绝对劣势的地位，跟他敌对起来，总觉得太刺眼、太刺耳了，太叫自己伤心。即使他可以躲掉别人的嘲笑，但是自己的名字，本人躲到哪里，走到哪里，都没有好藏身的地方。

可是黄顶乐这等地受折磨，似乎还没有阿乐婶来得够受。村子里的大男人都说，男人死了，女人守寡不容易，而守活寡的，只能看不能用，这才难上加难呵！当时阿乐婶为了自家男人的下消，从这一庄跑到另一庄，有老先生找到没有老先生可找，药嘛，有柴头问到没药草。听人家说乳狗有效，阿乐仔马上就有幼狗吃。补阳的嘛，从蛤蚧买到鹿鞭。问神求佛嘛，从哪吒太子请到太上李老君，还有求签卜卦样样都试，只要任何一件事物，能牵扯到想象的希望，没有一样不叫阿乐婶不认真卖命的。她一个人默默地不管刮风落雨，一会儿外，一会儿内，像五脚马那样地奔出奔入，用了不少的公家钱，而遭到妯娌间的白眼和闲话。但是这些事情阿乐仔未必知道，因为她们只在阿乐婶面前，才展露心里不平的獠牙。

有一次，阿乐婶掏出仅有的私房钱，到城里弄来了一帖贵重的药，偷偷地炼成药汤端到阿乐仔的床前，她

知道自家男人受尽下消的拖磨①,心情变得非常非常的暴躁,她小心地说:

"趁热,喝了它吧。"

阿乐仔平躺在床上,愣愣地望着屋顶不动声色。

"快,凉了药气就跑掉,药效就差了。快。"她说。

他终于有点反应,但是只是渐渐地吐了一口气。

"有什么办法?"她暂时把端在手上的药汤,搁在床沿。"气有什么用?"她心里想,气的应该是她。今天早上,大家庭的妯娌都集在井边洗衣服。有一串很令人伤心和气愤的对话,就直贯到她的耳里。

大伯的太太阿叶跟二伯的太太阿蜜说:

"你手上那一条裤子是谁的?那么破了!"

"阿桐的。有什么办法,最近公家没有钱了。"说着把手上的裤子展开拿起来扬一扬,然后她们交会了一下眼色,再看看阿乐婶。

"别傻了,公家再没有钱,总不会连买裤子的钱都没有啊!我才不管。开始时我也那么想,现在我才不傻

---

① 拖磨:闽南语,意为折磨。

呢。"她用力搓了几下衣服,又停下来说,"明天就到街仔给阿桐买裤子。我也要给阿吉他们买。"她从篮筐里面翻出一条裤子扬开,"看,虽然没有阿桐的破,也差不多了。"

"呀!破得很啦!比抹布好不了多少。"阿蜜有点虚张声势地说。"但是,婆婆不会答应的。她老人家自己就穿得那么破。"

"不管,我们联合起来跟她吵。"

阿蜜笑着说:"除非我们的男人也下消……"

阿乐婶忍无可忍,停下揉搓衣服抬起头望她们,正好她们的目光也注视着阿乐婶。

片刻的静寂,双方的气势一下子就分出高低,阿乐婶低下头来了。

阿叶仔打破了静寂,以轻松的口吻说:

"人家说铜仔②没有两个是不会叮当的。女人如果不太那样,男人怎么会这样?"

"正是,我们还不是女人。"

阿乐婶气得血都往头部冲,几次想冲过去给她们几

---

② 铜仔:方言,即铜子儿。

个巴掌，但是想是那样想，不要说打架，单说斗嘴就斗不过阿叶仔。她的嘴就像万能机关枪，什么子弹都打得出来，那种挨打的惨痛经验，在阿乐婶来说是一辈子也忘不了的。就离开吧，还有一大堆衣服没洗完，反而还会叫她们得意死。不然就告诉她们，她已经不再用公家的钱啦！但这也不行。要是让阿叶仔说起来，这些私房钱的来源，岂不变成另一个让她们把玩不休的把柄？最后唯一的方法，就是把捣衣和揉搓的声音弄大一点，把她们的讲话声冲散些罢了。

想到这些，阿乐婶很想把今早所受的委屈说出来，好让阿乐仔知道她的苦心，乖乖地喝了这碗药汤。但犹豫间，另一个顾虑又发生了。阿乐仔一向就讨厌听她诉怨，说阿叶仔跟阿蜜对她怎么怎么。其实阿乐仔心底里就怕阿叶仔的那一张嘴巴，何况现在又患了这种不体面的病症，惹起来阿叶仔的嘴巴一定更威风。这种牵扯的关系，在阿乐婶稍做冷静的思索时，总算洞察了事态端倪，憋了满肚子的怨气，只好不厌其烦地说：

"喝了它吧，快。都凉了，多可惜。"

阿乐仔懊恼地坐了起来。她赶快扶着药碗，怕被他的被子绊倒。然后顺手端上来说：

"一口就可以喝掉的。快。"

"喝了！你以为我的肚子是药橱吗？你说说看！我喝了多少药？"

"还不是为了你好。"

"不用！"他说着将靠近唇边的药碗一推，将近有半碗的药汤倒了出来。阿乐仔自己也吓了一跳。这一下阿乐婶什么委屈的事都涌上来了，把半碗药搁在床沿，双手掩面很凄苦地哭了起来，但是极力压抑着声音，使哭声和语音变得模糊不清地说：

"我死掉好吗？我死掉好吗？我死了你就……"

看到她这么伤心，阿乐仔对自己更懊恼起来。想一想这一阵子着实苦了她。也真笨，到底拿来的是什么药汤？找了什么汉仙或是谁家的秘方？有多贵重也不说，端来就要我喝。他偷偷地望着呜咽抽噎的阿乐婶，也望了望剩下半碗的药汤。心里又想，说不定这一帖药会有效吧。一股浓烈的补药味，突然令他觉察到此药的权威，喷喷逼得激起他的需要。但是想到刚才对此药的态度，必须在她的面前做些行为的安排，才能接近这碗药汤。他正痛苦地费一番思索。

阿乐婶毕竟是受过不少苦的女人。虽然刚刚一下子所有的哀怨都涌上心头，也哭了，但总共也只要那么一点点的时间，即够她宣泄。剩下来的这一段沉默，她清醒地想着。对男人患下消病的说话，早已知道了。阿叶仔说铜仔没有两个是不会叮当的。想了想，也不无道理。过去她虽然很少主动向阿乐仔要过，但是每次心痒想要的时候，他都没令她失望过，甚至于有月事的时候也没拒绝过她。想到这里，再想到阿乐仔对她的暴躁也就好受多了。不过阿叶仔她们不应该当面说铜仔叮当的事啊！她们敢在我面前这么说，一定也会在别人面前说。羞死啦！唉！她长长地叹了一口气。沉默间，阿乐仔被吓了一下，他以为老婆还在为他拒绝吃药而难过。于是想打开沉闷，他无神地望着前面说：

"旺仔他们说要分家。"

阿乐婶听他这么说，整个人换了另一个心境，坐近他紧张地问：

"大伯和二伯说的？"

"他们刚才来过。"

"他们怎么说？"

"管他们怎么说，要分就分嘛。"

"你答应了？"

"怕什么！"

阿乐婶心里又紧张又高兴。"我怎么会怕？怕的是婆婆肯不肯。"她把药碗端起，送到丈夫的唇边。阿乐仔眼睛垂着往下勾，她把碗一斜，他的手也自然地举上来扶着碗边，药汤被吸进口里，再一口一口往咽喉流进去的声音，叫阿乐婶听起来，像受到安慰似的舒畅。"刚才倒了一些多可惜。"

"啊——"他做出难喝的表情，"这是什么药啊？"

"台北的老先生配的啦。"她看碗里还有一点点，"喏，喝完它……"

"什么？"他叫起来，"台北的老先生怎么会到我们粿寮仔来？"

"人家是来街仔玩的，正好我到回春堂，老板娘给我介绍。人家在台北的大地方，很有名气呢！"她又把空碗送上，"把碗底喝光。"

阿乐仔望着碗底不大愿意，其实也没有了。"这花了多少钱？"他问。

"三日份五……五百块。"

"啊——！五百块？"他叫了起来，无意识地接过空碗，仰起头很珍惜的，想把碗里的喝得精光。他一边喝一边责备着说："嘿！你这个女人，真是大出手，五百块钱也花得下去！"不管阿乐仔把太太为他的病花钱，说得多凶恶，她总觉得是受到赞美。阿乐仔想象着五百块钱三帖的药效，在身体里面将产生的作用，一方面比药效更实际的问题；五百块钱花了，女人会不会受骗呢？这是他最不敢去想，而偏不能自主，不能不想。

阿乐姆呢，难过的事情一下子就过，而遇到高兴的事，难得拥抱喜悦，刚才丈夫的一句意义多面的责备，她却从中挑到赞美，默默地欢喜着。有一会儿的时间，他们连分家分产的大事都忘开了。

粿寮仔这个小农村社会，可以说每年多少都有人分家分产的，但是就没有一个因为下消病为理由的例子。从阿乐仔患病到分家，也只不过四年的光景，在粿寮仔地方，阿乐仔他们兄弟，一向都是以行动来标榜"打虎掳贼还是亲兄弟"的。然而短短的四年间，兄弟的感情会瓦解，可见阿乐仔的下消，花了公家不少钱，不然伯仲间也不会叫"要花大家花嘛"。不过并不是单凭分家这一件大事，就能赢得"下消乐仔"这响亮的名字，且还能成为小村文化入典成故。最关键的，还是分家后不久，跟庄屋的跛子阿松打了一场败得一塌糊涂的架，和后来不见病况硬朗过来的漫长岁月，以这些大代价换取而得的。

阿乐仔为什么事情跟庄屋的跛子阿松打架呢？一方面时间过得太久了，一二十年都有，连阿乐仔和跛子阿松他们当事人恐怕也记不清，尤其阿乐仔的脑子下消以后更不行。跛子阿松呢，几年前跌到圳沟里淹死了，因此也就没什么人知道。另一方面，因为打架的经过令围观的村人感到十分娱乐，所以没有人想要知道打架的原因。当时看到这一场架的旁观者，大多数人的印象，是从阿乐仔抓着跛子阿松的胸口，跛子阿松抓着阿乐仔的胸口，互相僵持不下的场面开始。

"你抓我的胸口干什么？"阿乐仔说。

"你不抓我，我会抓你？"跛子阿松为了自己的缺陷，还是有些惧怕地回答。

"小心抓破我的衣服！"

"你也小心抓破我的衣服！"

围观的人都笑起来。并且围观的人陆陆续续越来越多，他们适当地围了一个足够他们活动的圆圈。

"我说小心抓破我的衣服！"阿乐仔说。

"我也说小心抓破我的衣服!"阿松有一点儿轻松起来了。旁观者的笑声多少对他产生了鼓励的作用。

阿乐仔看了一下阿松的衣服。

"你穿的是什么破宝贝衣服?"

"你穿的,"阿松看对方的衣服比自己身上穿的好得多,他心一急,转口说:"你穿的是什么臭宝贝衣服?"说了这句话,毕竟是救了急,阿松开始有点得意。

"我的臭宝贝衣服不比你的破!"

"我的破宝贝衣服不比你的臭!"阿松无意间发现自己的聪明,高兴得有点不自在。

阿乐仔在这样的僵持之下,由于他不比阿松跛一条腿,他不能不严肃,而偏偏在这种众多的人围看热闹的场面,僵持久了,认真的一面,自然笑声就不属于他。阿乐仔直觉到这一点不利自己的关系,很想能不伤及太多的面子的情形下,赶快离开这里。

"你放手!"

"你放手!"阿松以前面得到笑声的经验,如法炮制地说着。

"你放我就放!"

"你放我就放!"

阿乐仔觉得烦死了。他把抓紧对方胸口的衣服的手,略微放松了一下试探。但是阿松不但没注意到阿乐仔放松的手,也没洞察出他心底里的厌倦,反而仗势旁边群众的笑声,心里痒痒的,好像不惜牺牲让一条腿应战。无意间想活动抓紧对方发麻的手指头,却变成锁紧了人家的胸口。阿乐仔也重新抓紧了阿松。生气地说:

"真的吗?"

"真的又怎么样?"先前的惧怕消失了。

"放开你的手。"

"你先放。"

"抓破我的衣服,我就折断你另一条腿!"

"抓破我的衣服,我就,我就……"

"就怎么样?"阿乐仔很气地说,"跛子自己又不认份[3]!"

"哈——"阿松叫了起来,"你笑我跛子,那你是什么呢?你是下消仔!嘿嘿——"

他望望观众,然后举起空手,将手掌一缩,像一朵

---

[3] 认份:闽南方言,认清自己的不足,守本分。

莲花谢了那般地,做了一个泄气的手势。

"下消仔!"在笑声中,阿乐仔心里很纳闷。他现在面对的敌人似乎不只是阿松一个,连那些和他们无冤无仇的群众,其实里面所有的人,平时都是相识的,尤其像阿川、金池、木养他们,都是好朋友呢,现在他们都袖手站在那儿看热闹,时而被阿松那半痴半呆的话,逗得跟大家发笑,而形成支持阿松,与他对立起来。阿松觉得他的话又击中对方的要害,使对方有点支持不住,于是趁势又说:"下消仔!"又做了一次手势。

"下消仔就下消仔,关你什么事?"

"我管他什么事?"

"那你就放手。"阿乐仔以为这是一个缓和的机会。

"我为什么要先放?"阿松说着,正好那一条好腿支持身体太久了,不动一动就支持不下去,而跟跄了一下。这一跟跄,使整个身体都摇动起来,同时没放松对方胸口的手,随着身体一晃,也造成阿乐仔的胸口推拉了一下。阿松心里也有一点怕对方误会而受惊。

"小心抓破我的衣服!"阿乐仔怕起来了。

"怎么样?"那一推拉之后,阿松只听到对方说话,不见拳头擂过来,也就放心多了。

"小心抓破我的衣服——"声音虽大,但没什么劲儿了。

围观的群众正感到乏味无奈的时候,其中就有人大声吆喝着说:"烂戏拖场,要打就打,不打回到牛栏里斗母牛去吧!"这句话一出,几十个围观的群众哗然了一阵。

阿乐仔想,虽然身体有病,要打倒这个又瘦又是跛子的阿松,应该不会有问题的。

但是好端端的一个人打赢跛子,有理也变理屈,反而没光彩。回家斗母牛就斗母牛吧!

这么一想,顺手用力把阿松扣紧胸口的手隔开。哪知道一直用金鸡独立的雄姿跟他相持不下的阿松,原来身体的平衡就是靠他的胸口被抓住的那个支点支持住。所以经阿乐仔猛力甩开跛子的手,阿松就"噗通"地重重地跌坐在地上。他们俩都互相愣了一下,而被群众的笑声撼醒过来。刚刚一直受到群众笑声所支持,使对峙的气焰高涨而占到优势的阿松,这一跌跤,整个身体的重量,集到跛足不长肉的那一边屁股上,就皮包骨着实地撞在地上,痛得尿都差些闪了出来不说,心里面一时觉得羞耻难忍。他万分恼怒，一边极力想挣扎起来，一边吼叫着："是你愿意，不是我有兴趣！"他翻过身，双手扶地，头往后勾，怒目盯着阿乐仔的眼睛，挣扎着要站起来："你不要跑……"叫了半天好容易才站了起来，但是脸却背着阿乐仔，还得经过转身才能隔五六步面对敌人。

阿乐仔看阿松转过身来，自然地侧个马势前弓后箭站稳，准备来一招四两拨千斤自卫。阿乐仔过去在粿寮仔也不是一个好惹的人物，没有一个人不知道他是吾仁师的高足。街仔的西皮福禄械斗，他为福禄建过几次的战功。这些事跛子阿松也知道，尤其他重重地跌了一跤的时候，就想到阿乐仔是吾仁师的高足，只是一时又痛又羞，才不顾一切，握紧拳头，挥动着臂膀像扫北罗通④的连环锤，紧逼着阿乐仔跟跟跄跄地冲过来。

"你欺负跛足的，跛子阿松才没好欺负……"

阿乐仔看对方来势疯狂，把上身微屈，后腿稍一

---

④ 《罗通扫北》：清代长篇小说《说唐后传》上半部《说唐小英雄传》的俗称，讲述的是唐太宗被敌军困在木阳城内，程咬金回朝搬救兵，罗成之子罗通挂帅，大败敌军，救出了太宗。后《罗通扫北》被改编为歌仔戏传唱，使得罗通这个人物形象深入乡村民众之心。

蹬紧,就这么一下,腰又闪着了;这是肾亏和下消的人最碍事的毛病之一。阿乐仔痛得差一点就叫了出来。腰一闪,整个人也就失去了重心。当他还来不及担忧后果的瞬间,阿松的连环锤密密地落在他的头顶上,然后挨着顺序,密密地落在后脑勺,落到背,到腰,一直到阿乐仔整个人都缩成一团的时候,密密的连环锤就落在屁股上了。原来阿乐仔会是这么不经打,或是连环锤有这么厉害,这都是阿松万万没料到的事。"跛子阿松不是好欺负的啊!"阿乐仔刚刚痛得眩晕了一下,此刻能让他蹲下来双手扶在地,虽然屁股挨打,也算不再叫腰部那么难受。他稍一定下神,好像现在才意识到自己尴尬的处境。他想,现在开始好好地把阿松修理一顿,也不会让人说欺负跛子的吧。尤其听到群众幸灾乐祸的笑声,更激起好好修理阿松一番的决心。但是他慎重地叫嚷着说:"你再打!你再打!你再打我要对你不客气呃——"经这么一提醒,阿松心里似乎也觉得有点过分。但是他不能那么乖的,听对手喊就马上住手啊。一方面所谓的连环锤,一点都不经过思想,从心里一开始叫打,就像机器般均匀地挥动起来,手一顺也不是那么容易住手。嘴巴也是一样,反复念不完的三字经,好像是和着动作的。这时候,阿乐仔实在忍无可忍,他蹲着看准前面阿松的腿,一下子抱住它,为自己助威。嘴里也开始骂起来,这一上口也是连珠炮不停。阿松没注意,双腿被抱住,突然往后一仰,重重地又跌了一跤,气愤地翻过来,很快地跟阿乐仔纠缠在地上。但翻滚间阿乐仔的腰又闪了一下,一声惨叫,整个人畏缩在地上,痛苦地呻吟起来。阿松站了起来愣着望他,觉得并没什么的时候,手插着腰,嘴里还一边念念有词。

围看热闹的村人很多人走过来看看阿乐仔。

"阿乐仔,有没有怎么样?"金池蹲下来看他。

"腰,腰……"阿乐仔在地上指着腰,"腰闪到了。"

金池想把阿乐仔扶上来。阿乐仔痛苦地摇摇手说:"现在碰不得,让我躺一下就好,你叫他们不要围了吧。"

金池站起来笑笑对阿松说:

"跛子阿松可神了!"

阿松像神气地说:"我带你去街仔,我跛子阿松出钱好了。"

旁边有人打趣说:"阿松,钱先拿出来看看再说吧。"

阿松很快地从口袋里掏出几张十块和一块钱说:"看！这不是钱！"他得意地望着躺在地上的阿乐仔说。

在群众的笑声中，有人喊着说:"阿松啊，你还不赶快跑，阿乐仔的大儿子来了。"

阿松背着大家往庙口摆头的方向，自言自语不知说了些什么，跟跟跄跄地跑掉了。

阿乐仔被带回家，失神地半躺在躺椅上，任凭妻子像找虱子那般仔细地，翻着他的衣服，问他什么地方挨打，什么地方痛，他却一句话都不说。最多只顾自己想到什么心痛事的时候，就深深地叹气之外，眼神也像鱼摊上的鲭鱼，无视菜市场熙来攘往的人群，圆圆地睁着。

他靠着床坐着。阿乐婶用被子把他的下半身盖着，只有让他去发愣的份。不知怎么搞的，实在拿他没有办法。端到床头的饭菜也凉了，说尽了好话，也动不了他。很晚了，十点都有，只好把好好的饭菜收回厨房去。其实她自己肚子也很饿。但是面对这样被冷落的饭菜，和冷落饭菜的丈夫，连一点食欲也没有。她洗好了手脚，理了理一下身上的衣服，走到大厅神桌前，划根火柴点亮了油灯。灯火像鸡心那么大，在昏暗的大庭，拖着煤油烟的黑尾巴，一会儿跳动，一会儿静止，使挂在正面墙的观音佛祖像里面的红孩儿、哪吒太子、妈祖婆、千里眼和顺风耳，还有土地公和司命灶君的脸面上，有一层奇怪的光影轻轻地闪动。阿乐婶拿了三根香，从灯火引火点着了香，又理一理头发和衣服，站到神桌前，把三根香放在胸前，稍仰头望着诸神，轻轻地启口说：

观音佛祖，
哪吒太子，
妈祖婆，
司命灶君，
福德正神土地公。
过去你们的圣诞和过年过节，户主黄顶乐都备办牲礼敬拜。
他是你们忠实的弟子，
并且在粿寮仔地方做人也不坏。
今天傍晚和跛子阿松打架，要是有内伤，

请你们保佑他平安无事，

还有，请保佑他爱吃饭。

她深深地拜了几拜，把香插在香炉，空手合十又拜了拜。

"娘，你还没睡。"起来小解的三儿子，经过大厅叫她。

"过来，拜一拜神明，求神明保佑你阿爸。"说着又点了三根香递给他，"来，跟神明说，请神明保佑你阿爸。"

三儿没愿意也没有不愿意，拿了香拜着。

"说啊！跟神明说啊！"她跟三儿站在一起，看他没说什么，她就说，"……他是户主黄顶乐的第三个儿子黄阿昌……他也来求你们保佑他的阿爸平安。他是一个孝子……"

她还没说完，三儿早就把香插进炉子里去了。

"阿爸现在怎么了？"

"你现在不要去看他了。现在像一块木头，说什么都不理不应。"

"到底是怎么的……"

"去睡吧，明天再说。"

她又向神桌上拜了拜，往香炉抽了三根香脚，拿到厨房放到脸盆里，将热水瓶里所有的热水都倒出来，顺手带一条毛巾，就把热水端到卧房去了。

她展开绞干的热毛巾，折个对折，在自己的手背试了试，放在阿乐仔的脸上，"会不会太烫？"他还是老样子，不理不应。她觉得他并没有觉得烫，于是就稍用一点力替他擦脸，"像死木头，随便让人家问得舌头都掉了也不应。哑巴不会说话，也会巴一声。"她一面淡淡地埋怨，一面替他擦了手脚。又让他坐靠在床边。

"该睡了，十一二点了。气有什么用！这样憋气，会憋出病来的。"阿乐姊突然被丈夫这种长时间的沉默吓了一跳。才盖好被，一下子跳起来，侧头看看阿乐仔。他眼睛还是睁着的，胸部一起一伏，还是均匀地呼吸着，摸摸他的手心，也是暖暖的，"睡了吧！不要吓人了。你不睡，我不能不睡。"说着躺了下来，盖上了被，自己也是睁着眼的，一点睡意也没有。阿乐仔的叹气声，一下一下闷沉沉地击着她的心坎。不知什么时候，她也跟着睁眼和叹气了。

宁静的深夜，什么事情都回到清醒的人的脑子里来了。阿乐仔想着几年前西皮和福禄在街仔的冲突。在帝爷庙庭，一脚踩住山猪林仔，一手把保镖大鼻的手，反折过来擒住，另一手敏捷地接住禄山的赤皮棍。没有几下，鼎鼎有名庙口的二王禄山，竟被自己的赤皮棍打倒在地上。从此吾仁师的大徒弟阿乐仔，终于替福禄派在庙口平定很多年来的西皮之乱，把地盘也讨了回来。那一次的扬名，不只他自己，连粿寮仔这个破旧的地名，也在街仔响亮起来。那一阵子，吃拜拜的时候，总是被拱上主宾面对鸡头的位置。在自己的粿寮仔更不用说了。很多年轻人都以他那一次的战绩为荣，好多男人的争斗，也都由他来排解，从没有人提出任何的异议。他想了想，又深深地叹口气。

他又想。过去走过店仔，里面的人总是客客气气地问："阿乐仔进来坐吧。要什么东西？"本来并不想要什么的，看人家那么客气对他，也就停住脚随便往里看看说："不，没带钱，以后再来吧。"但是里面的人又总是笑眯眯地说："呀！又不是生分，还谈什么钱？多叫人厌气儿。"听了这话，他就觉得不好意思，不想要东西，也随便挑一样零嘴，有钱就付现，没钱就赊欠。最近，到阿头的店去赊一罐鱼罐头，就看到阿头面露难色。儿子嘛，不向他们伸手，也不会自动给香烟钱了。他想了又想，以前还常怪外面都变了，现在想一想，还是自己变得更多。但是奇怪的是，对过去尊敬他而现在不再尊敬他的人，他一点都不怪，甚至于对跛子阿松，也没有一点仇恨，就是儿子们不会自动给他零用钱，也不觉得他们不该，或是说他们不孝。谁叫自己变成这般废物，到田里劳不得一滴汗！"谁叫我，谁叫我……"他整个晚上就是这么叹气着。

一个人，在对认清自己的这一点上来说，这次跟跛子阿松打了这一场惨败的架，不能不算是有益处的。至少对自己的身体体力，对自己的意志力，还有一件相当重要的，那就是他自己黄顶乐这个有头有脸的人，在这个粿寮仔小社会的位置，和在一般人心目中的地位，甚至于一向伦理秩序还算颇为严谨的家庭，以及农村社会的生产在线，他的重要性等。经过漫长一整夜的沉思，重新把自己放在掌心掂了又掂，他惊讶地发现，过去的黄顶乐已经不复存在了。这么一想，由内心里透出来的寒劲，竟然也使他的腰骨感到冻痛难忍，痛得脸都扭曲皱了起来，泪也滚下来。就这样，他忍不住地号啕大哭起来。另一方面，自己的身体也觉得很需要这样放情大哭一番似的，被哭的那一点舒畅的感觉怂恿着，他便更大声地，像前年家里的牛受了重伤，在死前号叫那般地哭着。

"你怎么啦？"睡在身旁一直没合眼的阿乐婶，很快地弹坐了起来。她侧身看着丈夫，摇着他的肩膀，带着哭声说："你怎么啦？说啊！说啊！不要不说嘛。说啊……"

阿乐仔随她怎么摇怎么问，还是那么吓人地哭着，阿乐婶拿他没法子，她也急得哭起来。但是，她还是冷静地想看清楚丈夫到底怎么回事，一边说："哪里不舒服，或是什么冤枉，尽管说出来。你……你这样子，叫我……叫我怎么办？"阿乐婶一边站起来摸啊摸，把五烛光的灯泡扭亮了。阿乐仔哭得满脸泪水，浓浓的鼻涕还吹了一个气球挂在人中，随着鼻息颤动。

在深夜这般号啕大哭，不但惊动了全家大小，连附近隔了好几块田的竹围子里面的邻居，也都纷纷打着灯，跑来看个究竟。不多久，阿乐婶的房间，房间外的甬道，还有大厅也都挤了人。他们带着好奇和关心，能接近阿乐仔的人，就说几句安慰的话劝劝他，不能接近的就三五聚成一堆议论。

"阿乐仔，阿乐仔……"白发苍苍的叔公劝他说，"阿乐仔，可以了，可以了。有什么事情说出来不就好了吗？这样憋会憋死自己呐。"

"乐仔，这么晚，叔公年纪这么大也赶来劝你，你就听他的话吧。"阿乐婶看他没理没睬，就对叔公说，"看！就是这种死人样，随你怎么说都没有用。请你行行好吧，乐仔……"

开始时，确实是伤心得不顾一切，管他多少人被他吵醒，管他多少人来看热闹，痛痛快快地哭嚷，总令心里舒服得多。但是，这样继续哭下去，显然跟被发泄掉的心情，已经是不配了。他开始意识到，有这么多人聚集到家里来，不能再叫这些人，再把今晚的事，当着笑话带回去。当这个念头，在脑子里掠过的当儿，听到妻子说："……请你行行好吧，乐仔……"他打破从傍晚到深夜的沉默，开始更大声地叫嚷着说："我要死，我要死，我不想活啦！——我……我不想活啊！——"他断断续续地叫，呜哇呜哇大声地哭，半躺着的上半身，一前一后地摇晃。奇怪的是，他想启口叫嚷时，还清楚地注意到不好意思。哪知道当他喊叫着要死和不想活的时候，好像真正把哽在心里叫他难受的东西，一下子吐出来似的,一点也不自觉得窘迫,反而叫得越大声就越显得自然,而令旁人为他难过。他的妻子阿乐婶陪他伤心哭泣不用说,其他在场的人也为他酸鼻。其实,连他自己也为自己这样叫着"要死",而好像从身体里面,重新分泌了一批,为这时他所给人的同情而哭泣的眼泪。

"要死,让我死好了!"阿乐婶抱着他不叫他摇晃,"不要这样好不好?后面有钉子。哇——"她也放声哭了,"我为什么这么歹命⑤——年轻时歹命,吃到老又遇到你这样哇——"

"阿乐仔,阿乐仔,好了,好了。这样做什么呢?好了罢——"叔公握着他的手,猛摇着,好像看到阿乐仔被噩梦缠住,想把他摇醒过来。"阿乐仔,阿乐仔,把眼睛睁开看看,我是你的叔公呐!阿乐仔……"

"不,不。我要死,我……我,呜哇——"这时的阿乐仔觉得身体被妻子那么珍惜地紧抱着,手又被叔公那么慈祥地握着,在这样的感觉之下,心底深处的伤都浮现出来,自然觉得很需要安慰,一方面更觉察到自己

---

⑤ 歹命:闽南方言,命不好。

的可怜和弱小。不知怎的,有点像撒娇的心情,用力把双脚弓起来,再用力一蹬,叫着:"我要死!我……"

这一下又把老地方的腰骨重重地闪了。"哎哟!阿娘呀!——我的腰,我的腰,我的……"

他越说越小声,到最后只剩嘴巴微微一张一闭。

"你看,说你不听,现在又闪到了。"阿乐婶骤然不哭了,她扶着僵得不能动弹的丈夫说:"四十出头了,还像小孩子。"

"让他躺下来。"叔公说。

"我来帮忙。"邻居的青蕃向前想动手。

"等一等!"阿乐婶阻止着说,"他这种毛病我知道,要让他自己慢慢地躺下。"

不一下子,阿乐仔已经可以呻吟了,从小声而变得很大声。他轻轻地用手推开妻子,用手势比着要大家到外面去。当大家在大庭谈话的时候,阿乐仔自个儿在卧房的半呻吟半哭叫的声音,也时时传出来给大家的话打岔。

"一定有什么别的事,单单跟阿松打架的事,不会让他这么伤心。"叔公说。

"平时也没怎么样。"

"一定有什么心事,或是受到什么冤枉。不然阿乐仔不会这样。他我最清楚了,从小看到大,像铁人,我没看过他哭。"叔公说,"你要知道,这么大的大男人,这种哭法,不是很伤心很伤心是不会这样的。"

"是啊!"

"好在他这样哭了出来。要不是这样哭出来,恐怕会自杀。"

"神明真的保佑了。"阿乐婶有点兴奋地说,"今天他跟阿松打完架回来,就像木头一句话都不说,只顾叹气。一直到晚上十一二点了,还是那样。我心里就提防他,很怕他做出什么事来。但是我心里越想越怕,于是就烧香求神的保佑。结果三枝香都还没过,他就这样哭起来了。"

"那就对了,那就对了。"叔公说。

"神明实在真灵!"阿乐婶又对着家里的大小说,"来,你们这些孩子,快再来烧香拜拜神明……"

"……哎哟——含笑……"阿乐仔一边呻吟,一边叫着。

"阿娘,阿爸叫你。"

"你们自己来,我去看看他。"说着就往里跑。

阿乐婶进去以后，一下子又跑出来，经过大庭想到厨房去。

"怎么了？"叔公问。

阿乐婶笑着小声说："刚才他痛得尿都闪出来。"

大家听了这句话，也都不约地笑了。

经过一整夜脱胎换骨的折磨之后，第二天，他虽然被认为贴切地顶着"下消乐仔"这个害窘的名字，回到熟习的粿寮仔这个舞台，继续扮演自己的角色，但是多少有些是生疏和不惯的。好比有些人的眼色，担子和锄头的重量都是，还有自己对自己过去的记忆等。不过一个只要想活下来的人，您得要和周围妥协的，黄顶乐也不例外。当然，妥协的方法很多。就拿他的下消一直都未见硬朗来说吧，他早就找不到理由对任何人发出丝毫的怨怼了。但是，单单这么想的话，他是承受不了所有的一切，都归咎于独自一身，而一点都无法移赖别人。不过后来看他没有当初那么痛苦和消极，与其说他看开了，或是说习惯，再或是说麻痹，倒不如说他另有一种想法。他认为含笑为他的下消这件事，这般卖命地奔波，可分为为他和为他的下消两回事情来讲。如果真正为的是他的下消病，那当然不能说全部是属于她的事，至少也有她的一半吧。事实上，那些村子里的大男人，在背后闲聊时，说含笑之所以勤于为自家男人的下消奔撞，还不是为了怕守活寡之类的话语，已经流入阿乐仔的耳朵里面了。当那些大男人在背地里，这般啬赞美阿乐婶的妇道的时候，还是有人出来说句公道话。那人说："净说人家怕守活寡也不该。人家屁股翘是翘，这种情形疼痛自家男人，和怕守活寡的事，往往是分不清的。"但是传话给阿乐仔的，却只肯传前面的部分。其实后面的话，不用人家传，阿乐仔他自己早就受到实际的安慰了。只是他保持有这样的两种想法，只要不让含笑知道的话，好让他自己有个进退的余地，度过漫长的窘境。对这两种想法，阿乐仔是这样让它交替着显现的；当他为自己的下消无法敦伦⑥，而感到痛不欲生的时候，他就想那是自家女人的事。经这么一想，心虽然还是痛，也不至于难过得要死。不过为了性无能而感到痛苦的情形，随着时间，越来越淡了。另一方面，要是看到含笑那般卖命奔撞，而觉得不忍心的时候，他就想自己的下消病有多不该。这完全要看他自己当时的心

---

⑥ 敦伦：指房事。

境，该往哪一边去想才卫生，再做选择。这一点，阿乐仔一开始就做得很好。所以即使活得并不愉快，却也没叫他活得很不耐烦。

另一方面，阿乐婶只好认了。既然两个相命的都说是命中注定，守活寡就守活寡吧。她紧紧地咬起牙关来，有些时候还得狠狠地咬。因而不知不觉地养成了，村子里的人都知道，她有这个习惯。但是，似乎没有人知道她为什么要这样咬牙，连她自己也不知道是从什么时候开始的。当她自己发觉有这样的习惯之后，不想还好，一想制止，却反而咬得更起劲。这么一来，十多年的积习，阿乐婶本来是鸭蛋形的脸蛋，变成方的了，两边的腮帮子，每边都结了两条成块的肌肉，好像长年累月嚼槟榔的人，看起来，那模样像是很坚决的样子。

时日一久，阿乐仔的头上顶着"下消"两个字，在村子里走动时，再也引不起什么心底里的隐痛。而叫他"下消乐仔"的村人，也只把他当成极普通的名字，叫叫而已。所以有人看到背有点弯驼的阿乐仔从街仔回来的村道走来时，就有人向他打招呼说：

"下消乐仔，你上街仔了？"

"是啊，是啊。你家的媳妇蛇咬了，现在好一点了没有？"阿乐仔也很有礼貌而关切地问着。

"是啊，是啊。是水蛇咬到的，没怎么了。"

就是这样。黄顶乐一二十年来的下消病，对自己当然是一件不幸的事。但是对粿寮仔村的小社会来说，不能不说是有所贡献。除了使粿寮仔村独自拥有一个活生生的，并且是很有弹性的形容词——"下消乐仔"这个词之外，他的病例，给那些认为不能跟有月事的女人，或是坐月子的女人行房的老人，拿来做最有力的明证。同时，也给很多村妇，拿来阻止一时昏了头，不顾女人有月事也急着想来的男人，做有力的警惕。这点借镜的教育效果，至少阿乐已婚的四个儿子，都不敢让媳妇们的肚皮囊，没有两个月以上的空闲，替他生小孩子。邻居的年轻夫妇，也都以下消乐仔的病例，牢牢铭记在心，不敢轻举妄动哩。

原载一九七四年一月《中外文学》第二十期

把瓶子升上去

直到深夜,升旗台那里有人醉言醉语地说:"把瓶子升上去!把瓶子升上去!"笑的时候是两个人的声音。

K中学的旗杆顶端，晃动着两只酒瓶，碰着铁铸的竿子，叮当叮当地扩出清脆悦耳的响声，在清晨的空气中回荡。学生们见了，无不在心中默默钦敬着这一杰作的无名英雄。训导主任脸绷得紧紧的，心里却觉得好笑。唉！中学生越来越顽皮，花样百出。他脑子里不能不忙着思索等会儿朝会的训词，要好好地训他们一顿。教官并不以为然，他认为事态严重，要查明严办。

一支Blues①完了，她回到原来的座位，心里一直不愉快。她后悔跳这一支舞，与其这么说，倒不如说是后悔和别人跳。所谓别人，那都是一向挺熟的朋友。至于自己人，就坐在身边的他，那是最近才真正认识的。虽然她已察觉到他已钟情于她了。但是，那还是不能确定；她吃过几次亏了。显然，她已看出他一张勉强的微笑，掩遮正在心头熊熊燃烧的醋焰。她为了试探，伪装

---

① Blues：蓝调音乐。

不在乎什么的样子。这点,她装得很自然。

"这曲子真美!你怎么不想跳?"

"老跳有什么意思?我觉得坐在这儿更好。"他的意思是说和她坐在这儿。他深恐她不能领会他的话。她没回答什么。他接着怨气地现出几分痛苦,带着责备的口吻说:

"我真不愿意看你跟别人搂在一起。"

她从对方痛苦的情绪中,尝到被爱的甜味。但是她随时都在提醒自己,不能让他也知道自己情感的倾向。于是她说:

"跳舞嘛!什么叫搂在一起?"

"可是那些混蛋就不这样想。"

"我问你,你也混蛋吗?"

"有时候。所以我清楚他们想的是什么。"

"哟!你这么自私,你喜欢和漂亮的女孩子跳舞,为什么要反对别人和我跳舞呢?"

尽管她的语气是生气的,内心里却不然。当别人想要占有她的时候,她已觉得她先占有了别人,只要她稍向他表明一下爱,对方即变成一枚自己喜爱的别针儿那样,轻易地就可以拿过来别在自己的胸前,而他也会感到占有；爱情就是这样蒙骗双方，多少它是狂的，带有原始的一点什么。

他被逼得说不出话来。本来想说："我爱你呀！"但是还不够勇气。他一下紊乱了脑子说："就是。不过他们不那么想，唉！我不知道。"他为说乱了话而不安。

"你这不忠实的诚实鬼。"她轻轻笑着说。他觉得这句话很俏皮够意思，后来在他写信给她的末尾，都自称为"不忠实的诚实鬼"。

"你讨厌我不是？我真不想替自己的缺点伪装。"

"男人没有缺点没意思，但对于缺点过于粉饰，却令人害怕。而事事都要做作的人，又叫人作呕。像你这种傻得放弃对女人撒谎的权利的男人——"她笑得有点放浪。

"怎样？"她犹在笑。他又逼着问："怎样？"

"太有趣了。我喜欢你这一点。"

"真的！"他不再沮丧了，高兴得差些儿叫起来。

"沉着些。不要太高兴，你就要失望的。"她的声音变得冷漠。

"这话怎么说？"

"难道你不觉得我过于老成,一点少女气质都没有,不含蓄,不十分——"

"说下去,我就喜欢这种女人。"

"多多益善吗?"

"噢!不!只有你。"

"我偶尔也写日记。曾经在日记上譬喻自己是堕落的指路牌。因为有两个人,经这里走向堕落的。我可不让你也打这里经过。"

"真不出我所料。当你在上星期第一次和我跳舞的时候,我就想你就要走来和我恋爱了。现在才隔了几天?"

"你没接到我的信?"他心里焦急着。

"像雪片那样飞来。原先想回你信,后来一想,我写信总免不了说假话,夸大其词,无病呻吟。所以干脆就不写的好。"

幸亏室内的灯光和"碰恰"的节奏,混过他脸上的窘色和心跳声。他想:我的信令她感到那样吗?这情形他绝不能不马上回答她的话,免得叫她察觉到自己在受窘。但又不知怎么说才恰当。

"你可害我不安极了。"他说。

"不过你要知道,我有很多的男朋友呢。"

"有丈夫,有小孩那更是Romantic。"

他们都笑了。一支慢板的老曲子"*Too Young*"开始了。四座休舞的伙伴,又双双拉起手走进舞池。他向她使了一个眼色说:

"我们跳这支曲子。"

他们俩有如一对天鹅,沐游在一塘碧静的莲池里,步步激起优美的涟漪。慢慢地,他的右手满搂着她,她的头依顺地偏贴在他的胸前,柔声地跟那带有磁性的男声哼了起来。

"这支歌听起来,永远是这样美。"他说他享受音乐,享受她的发香,更享受她那股贴在身上的爱。他觉得他一直在沉下去,向一个无底深渊的幸福里。

这晚,他躺在床上,始终兴奋得不能成眠。他追忆和她在一起的每一分钟和每一句话。他想这和上星期六同她谈话的情形相比,确实进步得很快。要是照这样下去,不要再多久,他就要向这单身宿舍说再见了。上礼拜的情形,他也拾起来细细地咀嚼着。

他们是在文雄家的派对上邂逅的。当时他发觉身边的小姐似乎很面熟,就请问她。果然不错,她即是去年到学校里来，实习他的英文课的杨老师。那时他综合成绩打了九十六分给她。女的对他也有印象，据文雄说，有一次她在他家，看到同学会的团体照时，曾指着他问了些话。他怪文雄没早告诉他。

那晚他们一起跳舞，一起聊天，尽量彼此找话谈。他们有意无意地介绍自己的兴趣。

"这支'恰恰'很耳熟，不像是这样唱的。"她说。

"这是贝多芬的《献给爱丽斯》改编的。怎样？不逊于原作吧。"

"贝多芬要是在坟墓里听见了，不在里面乱蹦乱跳才怪呢。"

"你以为这样吗？我想他会同意。他是浪漫派的一员健将。"他说，"你古典乐一定听得不少吧？"

"偶尔听听。你一定很在行。"

"谈不上，喜欢就是了，和热门音乐一视同仁。"

"那你是中立的了。"

"无所谓中立不中立，音乐本是一家人。好比说爸爸爱穿笔挺的西装，阿兄爱随便一点。爸爸骂他轻浮，阿兄说爸爸受罪。这都是无聊话。再说，热门音乐是年轻一代的心声,同样的也需要靠天才来创造,这世界要是断了它,所有的朝气也将跟着丧失。"他觉得这话还得补充,于是在对方未开口之前,他又接下去说:

"这例子很简单;我们绝不能让目前的社会生活中,没有电影院、酒吧、咖啡室、舞厅,还有什么俱乐部等等的娱乐场所,要是这些地方一律改放古典音乐,你不难想象那种死气沉沉的压迫。"他说了一晚上话,以此刻最得意。因为他从她的眼中看到自己受到钦佩。

"你真的不想去吗?"她在电话里问。

"换个节目消夜怎样?"

"我答应他们了,并且他们开的派对我没有不到的。"

"所以我讨厌,讨厌那个地方。"

"好吧,随你便。我去了。"

喀啦!对方把电话挂断。他失望地放回话机,走回寝室。桌子右边堆栈两班学生的英文练习,左边摆着的是批好的四五本,摊开在中间的本子上,一支红蘸水笔同他一样沮丧地直躺着。桌子底下的字纸篓里,塞满同一牌子的,写了撕,撕了写,写了再撕的信封。四周的东西,就和他的脑子同样地杂乱不堪。

他坐下来试着批改练习不去想她,但不能。他苦恼地推开笔和簿子,撞倒了红墨水。他任凭它去流。他熄灯猛抽烟,也不行。他出去了。

派对里没有她。他看着里面的熟人离开,才安静下来的心,又翻腾起来,更可怕的联想,紧逼着他想哭。整晚,他像在另一个世界漫游,回来时带两瓶酒,并拐到宿舍附近的小馆子,挂了十块钱的牛肉账,硬吵醒教地理的老同学,陪他喝闷酒。外面有月色。

他建议到操场去。

直到深夜,升旗台那里有人醉言醉语地说:"把瓶子升上去!把瓶子升上去!"

笑的时候是两个人的声音。

原载一九六三年三月廿七日《联合报·联合副刊》

清道夫的孩子

爸爸一定是个罪人,因为我今天犯错,老师才罚我扫地,爸爸呢?天天都要扫地,他一定是罪人。

很显然的，四年级丙组的谢老师又伤起脑筋来了。他班里的刘吉照，不知是同他前生有怨或是怎么的，一天不给他头痛几次就不肯罢休。

吉照——这孩子聪明、顽皮，贪玩耍；别看他个子小，一副穷相，在学校的小天地里，他却是一位大文豪、艺术家、运动家，甚至于顽皮等样样都到家呢！在他那小脑袋里也有他微妙的哲学，他认为人是应该蹦蹦跳跳玩耍一辈子的。谢老师很想找个机会，要好好儿地教训他一番，但这机会却不容易获得。作业吧，他都做了，并且做得比任何同学都好。他好问，无所不问，好像故意使老师难堪似的，老师又不能随便拒绝学生发问，况且他的问题都有相当的根据。有时候看他闹得天翻地覆，那又是课外时间。

这天，总算是他的霉运临头了。随地吐痰，乱弃纸屑，都被老师发觉了。还有，讲方言不听级长①的劝

---

① 级长：学校中每一年级的学生代表。

告,反而打级长,骂他多管闲事。

放学的前几分钟,谢老师站在讲台上板着方形的脸孔说:

"各位同学,老师现在问你们几个问题。"停了一停又说,"我们可不可以随地吐痰?"

"不可以——"全体的小朋友一齐回答着。

"乱弃纸屑呢?"

"不可以——"

"应不应该打人?"

"不应该——"

"刘吉照!站起来,"谢老师接着说,"他今天就犯了刚才我问的那些错误。今天老师并不想给他记过,只罚他一个人打扫教室。"这罪行一宣布,全体同学的眼光都集中到吉照的脸上,有的人痴痴地笑着,也有人装作要鼓掌的样子,还有平日吃他亏的人,很得意地做着鬼脸。吉照默默地低下头来了。

"好!下课。"

"起立!敬礼!解散!"教室里接着一片混乱,鼓掌的,大声叫喊的,敲桌子的,喧哗极了。

谢老师刚走出教室又走回到吉照身边说:

"扫好地到办公室找我检查，检查不及格再扫，一直扫到好，你才能回家。知道了吗？好！开始扫吧！"老师转头就走了。他背后装着要打老师的姿势，老师走远了，他才轻轻地骂了几句出出气。当他回过头一看，教室里显得比往常更加脏而乱了，因为平常和他不好的几位同学，故意把字纸撕得很碎，撕得满地都是；有的人把口涎鼻涕抹在墙上，把脚印踩在桌椅上。他看了这种情形，气得脸红红的，于是立刻迁怒到这些桌椅了，把教室桌椅摔得东倒西歪的。最后他发现时候已不早了，学校里的同学几乎都走光了，发脾气只有增加自己的麻烦，于是他才死心地拿起扫把来，拼命地扫。经过了好一会儿的时间和流了一身大汗后，才勉强地把教室扫好，这时，恰好谢老师也来了。

"怎么了？扫这么久还没扫好？"谢老师边走边看，"扫地好玩吗？"停了一下，继续说道："好！下次不要再顽皮了，知道吗？否则的话就罚你天天扫地。时间已不早了，赶快回家去吧！"

一路上吉照很不高兴，因为这次扫地滋味确实不好受。从此之后，他更坚定了他的坏观念，他认为工作和游戏的区别太大了，工作是下贱的，游戏是高尚的——

可不是吗？他犯了错才被老师罚扫地呢。

他回到家时，正好是晚饭的时候了——没有灯的人家都提早吃晚饭，母亲很关心地问他为什么回来得这么晚？他早在归途中编造了一套谎言，把母亲瞒了过去。他肚子已饿极了，把书包一丢，就跳上饭桌旁的椅子吃饭。

"吉照，你爸爸还没回来，你得把菜留些给他呢！"母亲温和地对他说。

"妈，爸爸呢？"当母亲提到爸爸时，他才想起爸爸来。他的肚子此时确实太饿了。

"你爸爸去工作还没回来。"

他很快地用饱了饭，帮母亲背小弟弟到庭院里散步。天色渐渐地黑下来了，爸爸怎么还不回来？他心里这样想着，这时在他的小脑子里浮现出爸爸的影子，他忙着在大街小巷拖垃圾、扫柏油路、清泥沟、打扫公共厕所等。富有幻想的吉照，已沉入茫茫的思海里了。爸爸每当天一亮，就穿起那一套有白字号码的蓝布衫，戴着斗笠出去，一直到太阳下山后才回来。为什么他天天要去替人家打扫？——的确，自从吉照懂得人事的时候，爸爸就以清道夫为业了——他到底犯了什么错。是谁罚他天天扫地？他的老师？奇怪——我就没看过爸爸上过学，也未曾听他说过有老师。为什么启新的爸爸不去替人家扫地？他也犯过错呀！他曾经把启新的妈妈打昏了呢。他每天早上都穿着很漂亮的衣服，坐上三轮车到中正路的大洋房（银行）去，晚上带着很多钱又坐上三轮车回来，神气得很。他常给启新很多钱，又买皮鞋给他，时常带他去看电影。爸爸常说我们穷，而他们怎么不穷？大概因为我们穷，爸爸才去替人家扫地。可是，阿田的爸爸也很穷，他为什么不去替人家扫地？阿田的爸爸，他每天也都很早起床，到市场挑鱼到处兜卖，也是到很晚才回家。阿田说因为他的爸爸穷才去卖鱼，有一次阿田带一块鱼给我吃，鱼真好吃呀！他说他家里天天吃鱼，这多好！要是爸爸不去替人家扫地，也去卖鱼那多好。爸爸到底犯了什么错？瑞龙的爸爸也比爸爸好，他常常在家教瑞龙做算术，并且常常买《学友》《东方少年》杂志给他看。还有西堂的爸爸、辉雄的爸爸……我们班里每位同学的爸爸，都比爸爸能干，他们都不需去给人家扫地。啊！爸爸一定是个大罪人。

吉照想到这里时，泪水已情不自禁地涌出，眼看爸爸的影子隐约地从下坡路的那一端，拖着车子上来了，他还招手叫吉照下去帮他把车子推上坡。当吉照把车推到门口时,爸爸回过头来夸奖他,说他很乖,很有力气,一边把手插到兜里,掏出三个铜币说:

"爸爸这三毛钱给你,这是清理水沟时拾到的。"

"爸爸,我用不着钱!"他掉头就跑了。他的爸爸感到很高兴,因为看到自己的孩子今天是这样懂事。

吉照跑到旁边没人注意的地方放声哭起来了——

怎么办?爸爸一定是个罪人,因为我今天犯错,老师才罚我扫地,爸爸呢?天天都要扫地,他一定是罪人。以后我上学同学一定会笑我,说爸爸是一个罪人……这时候天色已暗了,他把弟弟背回去睡觉。

这晚,他就没好好地睡过,脑子里总是浮现出同学们一张张的脸容,向他讥笑,做梦时也是梦见这些。他好不容易地挨过了这漫长的一夜。

第二天早晨,他带着恐怖的心情和自卑感去上学。当他远远地看到校门,跟着心跳就加快起来。他马上联想到那些讥笑他的脸。他在校门口徘徊了好一会儿,碰到几位进出的同学,向他笑笑,于是他更加紧张起来了——没错!没出乎意料,他们都在笑我了,我怎么能去上课?他们一定要笑死我的,不能!不能!不能去上课。啊！启新来了，他又在对我笑了……

吉照越想越怕，返转身大踏步地跑了。

编按：《清道夫的孩子》发表于一九五六年十二月二十日《救国团团务通讯》第六十三期，黄春明就读屏东师范时写的，是黄春明最早的作品，发表时署名"春铃"。